I0743694

DIONYSUS

First published in 2021 by PRESS DIONYSUS LTD in the UK, 167, Portland Road, N15 4SZ, London.

www.pressdionysus.com

Schadenfreude: Bir başkasının başına gelen belaya sevinmek.

Paperback

ISBN:978-1-913961-29-9

Parçalanma

Schadenfreude*

F.Gül Özen

DIONYSUS

Press Dionysus •
ISBN- 978-1-913961-29-9
© Press Dionysus, July 2023

Editör: Tuncay Bilecen
Kapak tasarım: Semiha Deniz Akıncı

Press Dionysus LTD, 167, Portland Road, N15 4SZ,
London
• e-mail: info@pressdionysus.com
• web: www.pressdionysus.com

Düşünceye ve eyleme çağıran, ilham ustalarının izinden bize ışık tutan hocam Onur Orhan'a; yoldaşlığı ve metnin hep ilk okuyanı olduğu için Dilek Özcan'a; teknik yorumlarını benden esirgemeyen kardeşim Mertcan Özen'e; can dostluğu için kardeşim Gülüş'e; nazımı çeken anne ve babama; ve masamda, odamda gece gündüz beni çalışmaya teşvik eden eşim Melih'e teşekkürlerimle.

Yazar hakkında

Yazar, 1985'te Ankara'da doğdu. 2008'de yüksek öğrenimi için geldiği Viyana'da, siyaset bilimi alanındaki eğitimini sonraki yıllarda tamamladı. Ardından Avrupa'nın çeşitli ülkelerinde bulundu ve hâlen Danimarka'da yaşamaktadır. Göç ve kültür politikaları, felsefe ve psikolojiyle ilgilenen yazarın kısa öyküleri birçok edebiyat dergisinde yayınlanmıştır.

Kitap hakkında

Bir yeri terk ettiğimizde acılarımızı geride bırakır mıyız? Yoksa acılarımız da peşimiz sıra bizimle gelir mi? F.Gül Özen, Parçalanma'da, Türkiye'den Almanya'ya, Naime'den Naomi'ye uzanan yolculukta göçmen bir kadının geçmişiyle bugünü arasında gidip gelirken yaşadığı ruhsal parçalanmayı ele alıyor.

Romanda, Almanya'da kendisine bir hayat kurmaya çalışan Naomi'nin günden güne gerçeklikle ilişkisini yitirmesinin ve bir suç sarmalına kapılmasının hikâyesini okurken, farklı göçmen kimliklerinin hayata tutunma çabalarına da tanıklık ediyoruz.

"Ölümcül ihtimaller durmadan seslenirken" Özen; annesi intihar etmiş, babasını ise hiç tanımamış bir kadının dramını, derin psikolojik çözümlemeler, akıcı bir üslup ve sıra dışı bir kurguyla okuyucuya aktarıyor.

Tuncay Bilecen, Editör

Dünya Kadınlarına...

1.

Hayır, onu ben öldürmedim, insan hiç kendi çocuğuna kıyar mı? Bu koku. Yanık tüy. Burnuma yanık tüy kokusu geliyor. Ocağa yaklaşıyorum, tavada pişen tavuğa bakınca acı çekiyorum. Etime saplanan oklara tahammül edemiyorum, yüksek sesle "Neden böyle oluyor?" diye soruyorum. "O, senin çocuğun" diyorlar. İnanmıyorum. O bir tavuk. Budu var, ayak perdeleri soyulmuş, kemiğin ucu küt kalmış. Hiç kan yok. Hepsi çekilmiş. Ölü deri, beyaz. Kemiğin sarkan perdeleri hafif pembe ama kanlı değil. İnanmıyorum, öyle çocuk olmaz. Cenin duruşuyla secde etmiş gibi tavada. "Böyle tavuk da olmaz" diyorum. Daha fazla pişmesine göz yumamam, beyaz, ölü eti tavadan alır almaz canlanıyor. Çocuk kılığında bir şey doğrularak hareket ediyor. Yarım tutam tüy kalmış kafasında, kavruk leblebi ve rapsöl (ucuz yağ) kokuyor. Saçları yanmış demek, diye düşünüyorum. Yüzünü bir türlü göremiyorum. Döndürüyorum döndürüyorum, bana dönmüyor. Yüzü yanmışsa bile geride izleri olmalı. Ama yok, benim gördüğüm bir yüzü yok. Ellerimin üstü yanıyor. Bunlar olup biterken, kendi derimi tırnaklarımla kazımışım. Ellerime dokundukça keskin yanık kokusu artıyor. Sonra göğsümde bir çarpıntı. Bıçak kesiği. Sert, çok sert kesik. Göremiyorum. Her şey bulanık. Birkaç kişi başımda toplanmış, bir iki üç şok, üçe kadar sayıp göğsüme bıçaklar saplıyorlar. Şoktan gözümü açar açmaz, başka bir düşe uyanıyorum.

***

Çocuğumu kaybetmişim. Öncesinde geç saatte bir telefon çalıyor, arayanın kim olduğunu bilmiyorum. Üzerimde ne var bakmaksızın yollara düşüyorum. Çocuğu nerede, kime bıraktığımı düşünecek vaktim yok. Beni çağıran sese koşuyorum. Sokağa adımımı atar atmaz hafifliyorum. Gören de büyük bir yükten kurtuldum sanacak, hepi topu on iki kilo bir şey. Uzaklaştıkça boşluk büyüyor. Sonunda oradayım, beni arayan sesin yanında. Eğlenmek yahut bir işe yaradığımı hissetmek için birilerine el uzatıyorum. Nerede olduğumun bir önemi yok. Hep o aynı huzursuzluk, "Ne işin var burada?" diye bir ses kaba etimden çimdikliyor. Ne şehir ne ülke, hiçbiri net değil. Bir oda kalabalığın konuştuğu dile kulak kabartıyorum, geveleme, hırıltı, öksürük ve kahkahadan başka bir şey duymuyorum. Bulunduğum yere odaklanmalıyım. Düşünme! Çocuğu düşünme, çocuğu düşünme, çocuğu düşünme… Kes! İşin aslı, bu küçük şeyin yüzünü, adını bile hatırlayamıyorum.

Bir otelde uyuyordu en son. Sanırım, yani öyle olmalı! Onu bir otelde uyurken bıraktığımı anımsıyorum. Bir hışımla ceplerimi yokluyorum. Belki bir kâğıt parçası, otele ait bir kartvizit bulurum diye. Yok, otelin adını not almamışım. Elimde birkaç defa kullanılmış sümüklü bir mendille kalakalıyorum. Gittiğim yerde hiçbir işe yaramadan, kimseyi dinlemeden, kimseye görünmeden kendimi yeniden sokağa atıyorum. Kalbimde bir gümbürtü başlıyor, tüm kaslarımı sarıyor, titremeye başlıyorum. Durmuyor, el ayak bileklerime kadar yayılıyor. Çarpıntıdan doğru düzgün düşünemiyorum, başımı biri tutup sarsmış gibi çalkalanıyor. Ben acizin biriyim, kendine, eşyalarına sahip çıkamayan biri. Öyle olmasa unutmazdım, diyorum. Daha iki buçuk yaşında bir çocuk, tek başına bir otel odasında. Başına neler gelebileceğini düşünmekten hangi yöne gideceğimi kestiremiyorum. Başım sarsılıyor yine, yer ayaklarımın altından mı çekiliyor, otobüsler mi hızlanıyor, ayırt edemiyorum. Birkaç saniye bir yere yaslanıyorum, yaşlı ayyaşın biri yanıma yaklaşıp elindeki şişeyi fondip yapıyor, omzuma yaklaşıp boş şişeyi arkamdaki bidona fırlatıyor. Bula bula çöp bidonunu bulmuşum yaslanacak. Gürültüden mi yoksa adamın üstüme çullanmasından mı daha çok korkuyorum, bilemiyorum. Toparlanıp çöpten uzaklaşıyorum. Otelin adını nasıl not almam! Binanın dış görüntüsünün neye benzediğiyle ilgili en ufak bir fikrim yok. Oteller birbirinin aynı. Duvar saatli lobiler, kimlik bekçisi lobiciler, yüklü bahşiş koparmak için çocuklara türlü şebeklikler yapan komiler... Bu komilerin sivilceli, köse suratları bile aynı.

Tren garının merdivenlerindeyim, deniz kokusu ve martı sesleri geliyor. Alacakaranlık. Birden rüzgâr esiyor, üşüyorum. Denize sırtımı verip ilerliyorum, gar ardımda kalıyor. Hava hızla kararıyor, akşam olunca sokaklar birbirinin aynı. Martılar mavi bir derinlikte gümüş rengi parlıyor, birkaçı bana doğru uçuyor, yürümeye devam ediyorum. Trenden yeni inen insan kalabalığı, balık pazarındaki güruha karışıyor. Yığınla insanı görünce, ona çok geç kalmadım diye düşünüp yalandan kendime umutlanacak bir kapı aralıyorum. Belki bu aralıktan sızan umutla onu nereye bıraktığımı hatırlatacak bir şimşek çakar beynimde diye bekliyorum. Çakmıyor. Bu arada hava daha da kararıyor. Sokak lambaları, yürüdüğüm yolu yeterince aydınlatmıyor. Pis bir loşluk doluyor sokağa, görüntü bulanıklaşıyor. Şehrin içine yürüdükçe, omzumda asılı duran çanta sapını tutmaktan bileklerim uyuşuyor. Korkuyorum. En çok onu bulamayacak olmaktan. Bunu söylerken gerçekleşmesinden korkuyorum. Yola dönmeliyim, düşünme bunu, düşünme, kes! Hangi yöne gideceğimi bulmam zorlaşıyor. Onu bulamazsam, bittim ben. Kendim için değil, onun için endişelenmeliyim, daha ne yapayım! Bana yönelen seslerini bastırmalıyım; "Ortalıkta bırakmış çocuğu!", "Bakamadı!", "Kudurdu!", "Buna ana denmez!", "Gamsız!"…

Bu sefer sakin bir ses beni telkin ediyor. Gece uyumaktan başka bir şey yapamaz, sakin ol! Otel odasına o uyurken, kimse giremez. Bu kadar sakinlik sinirlerimi bozuyor, çok geçmeden yine geriliyorum. Ya çocuk çıkarsa odadan? Kapıyı kilitleyip kilitlemediğimi hatırlamak bir mucize. Ya kaçtıysa, bir yolunu bulup kaçtıysa! Yok, o uyuyordur. Gittiğimi bilmeden uyuyor. Döneceğimi de bilmiyor! Akşam hava kararmadan yedide uyur, gece hiç uyanmaz, sabah yediye kadar, tuvalete bile kalkmadan, öyle ölü gibi kıpırdamadan uyur. Ölüm her gece uykuda misafir.

Sıra sıra turistik otellerin dizili olduğu küçük bir meydana geliyorum. Karanlıkta belli belirsiz görünen binalara yaklaşınca, can alıcı bir ışık sarıyor etrafı. Önce hangisine gireceğimi şaşırıyorum. İçlerinden birinin giriş kapısının üstünde 'Kommande' yazan devasa bir levha görüyorum, hemen içeri giriyorum. Resepsiyon görevlisi, girişi tıkayarak durduğumdan olacak tuhaf tuhaf bana bakıyor. O baktıkça ne yapmam gerektiğini kestiremiyorum, sonunda yanıma geliyor. Kızımı tarif ediyorum, görüp görmediklerini soruyorum. Kızmış demek, diyorum kendi kendime, yine de yüzü gelmiyor gözümün önüne. Hiç iki buçuk yaşında çocuğun adına oda tutulur mu diye sinirleniyorum yaptığıma. Kendi kendime söylendiğimi adam da fark ediyor, üzerimdeki bakışları şüphe yüklü, hissediyorum. Suçumu anlayacak diye tedirgin oluyorum, kendi adımı soruyorum sonra. Bu isimde kalan müşterilerinin olmadığını söylüyor. Adam kaşlarını çatıyor, "Çocuk mu bıraktınız odada yoksa?" diye sesini yükselterek soruyor. İlk yargılanmamdan arkama bakmadan kaçıyorum. Arkamdan "Nasıl bırakırsınız?" diye bağırıyor, öfkeden kuduruyor görevli. Hayır, diyemiyorum. Geri dönüp yapacağım bir açıklamam var mı, diye düşünüyorum. Hayır, o uyuyor, diyorum kendi kendime. Hem ona neymiş, ne yapacak çocuğu, bir çocuğu bir köy filan büyütemez, hepsi sapık safsatası!

***

Peş peşe farklı otellere giriyorum, isimler çıkmayınca, oda numaraları uyduruyorum, hiçbirinde adımız yok. Bir otelden çıkıp hemen yandaki bir diğerine giriyorum, sokakta yürürken alacakaranlık basıyor. Zaman daralıyor, gün doğumunu düşünmekten korkuyorum. Zaman nasıl bu kadar çabuk geçti, aklım almıyor. Geceden daha yavaş geziyorum otelleri, diye içim içimi yiyor. Yavaşlığımdan nefret ediyorum. Sabah oldu olacak diye ödüm kopuyor. Son bir otele daha giriyorum. Resepsiyonun arkasında duran iskemlesine ensesini dayamış, bıyıklı bir adamın horlama sesini dinliyorum. Beynim zonkluyor. "Bakar mısınız!" diyorum, sesimi duyan yok. Horlama artıyor.

***

Sabah yedide uyanır, ağlamaktan kıyameti koparır, susmayınca kapıyı tekmeler, duvarları inletir çığlıkları. Oda temizlikçisi, orta yaşı geçkin Yugoslav göçmeni bir kadın, bağırtıları ilk duyan olur, gelip onu yönetime götürür. Yarım yamalak kırık Almancasıyla "Başıboş bir çocuk buldum," der. Hangi odada kimin çocuğu olduğunu bilemezler. Birkaç kez lobide anons ettirdikten sonra, esas işlerine dönebilmek için polisi çağırırlar. Polis, çocuğu kayıp büroya götürür, orada genel bir muayeneden geçirip çocuk psikoloğu eşliğinde izlerler. Çocukta herhangi bir rahatsızlık saptanamadığından, akşamında bir bakımhaneye yerleştirilir. Birkaç hafta sonra, çocuk hakkında bir arama kaydı bulunmadığından dosyası ayrılır. On beş yıldır tüp bebek tedavisi gören perişan bir kadın, onu kimsesiz çocuklar yurdunda beğenir ve evlatlık işlemleri uzun sürmeden himâyesine alır. İşte o zaman gerçekten kaybolur çocuk. Sokakta bir torbacının ağına düşüp pedofili çetelerinin malzemesi olmaktan daha iyidir, diye düşünüp rahatlayacakken;

ya bu ikincisi olursa diye içimden geçiriyorum, hiç emzirmediğim sol mememin ucu sızlıyor, var gücümle avuçluyorum. Elimde olsa söküp alacağım sızıyı.

***

Böyle olamaz, o uyuyor. Tüm bu karabasanların arasından bir ses, "Oda mı tutacaksınız?" diye sorunca ayılıyorum. Pardösümün büzüşen göğüs kısmını istemsiz düzeltiyorum. Az evvel horlayan adam, ağzının kenarında kabuklaşmış beyaz salya kalıntılarını tırnağıyla kazırken, sorusunu yineliyor "Oda mı tutacaksınız Madam?" "Naomi Canik adına bir oda var mı?" diye soruyorum, görevli bekletiyor. Beklerken çocukluktan kalma bir alışkanlıkla, güneşin ilk kızıllığının iğne deliğinden iplik geçirecek kadar aydınlık olup olmadığını anlamaya çalışıyorum. Görevli, bir kayıt buluyor. Küçük bir çığlık atıyorum, acı içeriyor daha çok, henüz ne olacağını bilmediğim için somut bir sancı duyuyorum, bu kez kaburgalarımda batıp çıkan seri bıçak darbeleri.

Bu otele mi gelmişim diye etrafa yabancı gözlerle bakıyorum. Ne yerdeki kırmızı halıfleks ne de duvardaki Sisi'li Habsburg kraliyet tabloları tanıdık geliyor. Görevlilerin suçlayıcı bakışları altında, gün ışımadan anahtarları alıp birinci kata çıkıyorum. Sağ gözümün altında bir damar dışarı çıkacakmış gibi atıyor. Sağ elimin işaret ve orta parmağını üstüne bastırıyorum, geçmiyor. 117 numaralı odaya doğru ilerliyorum.

Ayaklarım sanki çimentoya bulanmış, adım attıkça taş kesiliyor, dibe çekiliyorum. İlerlemek gittikçe güçleşiyor. Odaya girince ne olacak, ya yoksa! Susmuyor vesveseler. Her şeye her zaman hazırlıklı olamaz insan. Anahtarı deliğe sokuyorum, kapı kilitli değil, kalp çarpıntımdan dış sesleri ayırt etmem güçleşiyor, kesin arkamdan gelen biri bir şey söyledi, kaçırdım sanıp sağa sola bakıyorum. Kapıyı yavaşça açmama rağmen, korkunç bir gıcırtı kulakları sağır ediyor. Gıcırdamayla yattıkları yönü değiştiren iki beden görüyorum, yüzükoyun sağdan sola dönerken hâlâ uyuyorlar. Üç ayrı yatak, soldaki yatakta yorganın altına kaçmış biri var, bu benim çocuğum olacak kadar kısa boylu. Ortadaki yatakta siyahi bir kadın yatıyor. Karşı duvardaki yataktaysa yine siyahi bir kadın, çocuğuyla uyuyor. Üç yataklı bir oda tuttuğuma inanamıyorum, bunu hatırlamıyor oluşumu ise kesinlikle anlamıyorum.

Kesin, oda fiyatından kâr etmek için, yokluğumu fırsat bilip benden izin almadan, odaya gece yarısı ek yatak attılar. Benim yatağımda yatan çocuk orada işte. Kömür karası saçlarını görüyorum bir tek, geri kalanı yorganın altında, başını düzeltmek, yukarı çekip çıkarmak gelmiyor içimden. Onu bulduğum için sevinmem gerekir. Göğsüme çöken ağırlıktan sevinecek bir şeyim olmadığını hissediyorum. Uyuyor nasılsa, uyandırmasam daha iyi, diyorum kendime. Çocuğunu uyandırmaya kıyamayan anneler de böyle hissediyordur. Siyahi kadınların gölgeleri yok, yüzleri seçilmiyor. Bitap hâlde öylece yatağın ucuna ilişiyorum.

***

Sırılsıklam doğrulmaya çalışıyorum yataktan, ama kıpırdayamıyorum. Odadaki hemşireler, doktorlar, ne idüğü belirsiz beyaz önlüklüler başıma üşüşmüş, çekinmeden hakkımda ileri geri konuşuyorlar. Az önce fısıldaşırlarken duyduklarıma gidiyor aklım. Çocuk suda ölmüş. Yanlış duymuş olamam. Ne suyuymuş diye soracak oluyordum ki, son anda susuyorum. Bildiğim, her sabah yıkandığım, kireci yüzünden şehir şebekesine güvenmeyip bir kavanoz numuneyle ölçüm yaptırdığım, içilebilir sonucuna rağmen bir tek çay demlemeye bile erinip kullanmadığım musluk suyu. Dimdirek su işte. Evime yeni gelmiş, sadece temizlenmek istemiştim, arınmak, unutup yok olmak belki. Suda kaybolmak. Bütün isteğim buydu. Buraya kadar tamam da bundan sonrası, hatta öncesi hepten bulanık. Yıkanmak için banyoya girdiğimi hatırlıyorum bir tek.

***

Uyandığımda yanımda duran cansız bedenden, ben sorumlu değilim. Olamam. Üstelik bunu hatırlamıyorsam bu benim suçum olamaz! Hatta oldukça masumum. İşin doğrusu, her durumda kendimi savunabilmem beni çileden çıkarıyor. Bu huyumdan nefret ediyorum. Hoş, neyim var sevilecek? Kendi evimde, kendi suyumda öylece yıkanırken olup bitti her şey. Ben masumum. Aksini söyleyen olursa bunu nasıl ispatlayacağımı düşünmekten karnıma kramplar giriyor. Çünkü delilim yok. Bilmiyorum. *Biliyorsun.* Anlatacağım bir şey yok. *Uydurursun.* Herkesin inanacağı bir boğulma sahnesi. *Neden olmasın!* Aşağılık biriyim. Yas tutmam gerekirken, bana ne olacağını düşünmekten başka bir şey gelmiyor aklıma. *Doğru olanı yapıyorsun, seni senden başka kimse düşünmez!* Beni düşünen yok madem, ne diye başkasını düşünecekmişim! *Ha şöyle, yola geliyorsun.* Gerçeklerden kaçmak kolay, nefret

19

ediyorum senden. Bu, beşinci omur ağrısı çıldırtıyor. Çığlık atsam, çıkarırlar mı beni buradan! Çoktan bitti belki de kısıldım, nefes alamıyorum, boğuluyorum. Ben yapmadım. Nasıl çıkılır buradan?

2.

Beyaz yastıklı kapının kilidi bir kere dönüyor, içeri güler yüzlü bir kadın giriyor. Elindeki tepsiyi ayak ucumdaki yüksek masaya bırakıyor. Bir serum tüpüne şırıngayı batırırken dahi sürekli gülüyor. Fazla kilolarıyla barışık, Fransızların 'küçük ölüm' dediklerinden başka oyalanacak bir şey bulamayan birine benziyor. Belki de sadece işini seviyordur. Saçmalık! Bir parça sırıtabilmek için her gün pasta yemekten çatlamış ve umumi tuvaletlerin prezervatif otomatlarını boşaltmış bir orospu işte, diye düşünüyorum. "Bugün nasılsınız Frau Canik?" diyor şişko hemşire. Bugün mü? Kaç gün geçti bu mağaraya düşeli? Başımı hafif sallamakla yetiniyorum. Sonuçta elimi kolumu bağlayanlarla iş birliği yapacak değilim.

Hemşire, gömleğimi izin alarak yukarı sıyırdıktan sonra, bacağıma kocaman bir iğne saplıyor. O zaman, gülen yüzünün ardında korkunç planları olan biri olduğuna inanıyorum. Beni buraya kapatanlardan biri olmalı, yok yok, saçma. Tanımıyorum. Yirmi dakika kadar sonra aptal bir gülümseme çöküyor yanaklarıma. Sonunda hemşirenin pis sırıtması bana da bulaşıyor, bu gevşemenin bana faydası kollarımın özgürlüğü oluyor. Ahtapot kollu gömlekten biraz olsun kurtuluyorum. Kollarımla neler yapabileceğimi düşünüyorum şimdi. O sırada şişko hemşirenin laubali kişiliğinin küpelerine sıçradığını görüyorum. Golf topu şeklinde küpeleri. Beyaz, yüzeyinde oyukları olan bir top hatırlıyorum. Geçmiş düşüyor önüme, gözüme inen bir perdeye yansıyor.

***

İki yıl önce, aynı hastanede öğle yemeğinden sonra yemekhaneden çıkmış, açık istasyonun koridorunda dalgın ilerliyordum. Başım öne bakıyor, ama gittiğim yeri görmüyordum. Ayağımın önüne bir top yuvarlandı, gayri ihtiyari topa dokundum. Hastalar koridorun sonundaki salonda yerde bir çember kurmuş, birbirlerine top atıp yeni gelenlerin isimlerini ezberlemece oyunu oynuyorlardı. Kıdemli hasta Memo beni görünce ayağa fırladı:

"Sen de oynar mısın Frau Doktor Canik?"

"Olur, sadece bir el ama."

"Atın topu Canik Hanım'a."

"Tamam, alın bakalım, bu arada Mehmet Bey benimle gelir misiniz?"

"Yoksa kavalye mi lazım?"

"Hiç komik değil, görüşme saatiniz geçiyor."

Memo'nun karşısında gülmeden durmaya çalışmak oldukça zordu. Her zaman bakımlı ve temizdi. Jöleli, geriye yatırılmış saçlarıyla, aceleci el kol hareketleriyle az sonra barda sahne alacak bir piyanistin duruşu vardı onda. Hemşireleri, internetten indirdiği fotoğraflarla uydurma araba koleksiyonunu göstermek maksadıyla kandırıp yatağa atan Memo, tam bir Kazanova'ydı. Şeytanın bütün tüyleri, hatta kürkü ondaydı. Önce sigara içmek istediği için bahçede kısa bir yürüyüş yaptık Memo'yla. Sonbahar güneşinde bahçedeki asırlık çınarların arasında gezindik bir süre. Banklarda oturan hastalarla ve yanlarındaki ziyaretçilerle göz göze gelmeye korkuyordum. Bunun nedenini bizi birbirimize yakıştırmalarından çekinmem diye düşündüm. Sonuçta Memo'nun bir kaçık olmadığını ikimiz de biliyorduk. Neyse ki kıvrak zekâlı romantik jestlerden etkilenmeyecek kadar kalbim kırıktı. Çok üstünde durmasam da Memo'yla konuşurken, zihnimin bir köşesinde daima Kristof asılıydı.

***

Asistanlığımın ilk zamanlarında bir sabah televizyonu açmış ve Amerika'da, Florida mıydı Colorado muydu orasını tam hatırlamıyorum, Cumhuriyetçilerden bir kongre üyesinin pedofilden yakalandığı haberleriyle güne başlamıştım. Böyle hastalıklı şeyleri duyunca kursağıma bir bıçak saplanırdı. Tüm gün suratım beş karış gezerdim. Yine öyle oldu ve zorunlu sosyalleşme günümde hiç dışarı çıkmak istemeden hazırlandım. O arada belki dört, belki altı kez buluşmayı iptal edecek tutarlı bir sebep düşündüm, ama Suzi'yle bu kez de buluşmazsam, eve gelip beni zorla alacağını bildiğim için bu düşünceyi aklımdan çıkardım. Televizyonu kapatıp Suzi'yle buluşmaya geç kalmamak için evden alelacele çıktığımı hatırlıyorum.

Suzi hastaneden iş arkadaşımdı, bizim gibi psikiyatride değildi, yan binadaki iç hastalıkları bölümündeydi. İçe kapanıklığımı fark edip aklınca beni sosyal ortamlara sokmaya çabalayan iyi niyetli bir kızdı. Bilmem, belki öyle safım ki, şefimin üzerime saldığı biri de olabilir, günlük hayattan kopmamamı sağlayan, yarı zamanlı oryantasyon badisi. Bütün gün alışveriş dükkânlarının olduğu caddelerde gezdik, Suzi yeğenine doğum günü hediyesi baktı, bense uyum sağlamak için bir ihtiyaç uydurdum ve merhemli dudak kremi aldım. Sonra Suzi'nin iki ay önceden biletlerini ayırttığı tiyatroya gitmek için yola koyulduk. Loş bir akşam üstüydü, her yerde balkabağı, kuru yaprak, kozalak, ayakları kibrite oturtulmuş kestane adam süsleri vardı. Maskeli festival yüzlerini yara yara tiyatro binasına ulaştığımızda hava çoktan kararmıştı.

***

Sahnede silah sesini duyduğumda gerçek mi yoksa sahte mi olduğunu ayırt etmek için saniyenin üçte ikisi kadar durakladım, gerçek olacak değildi ya yine de oyuncuların inandırıcılıklarından etkilenmiş, yoğun bir duygulanıma kapılmıştım. Kalbim küt küt atıyordu. Koltuktan kalkıp hemen salonu terk etmek istemiyordum. Bu ilk kez olan bir durumdu. Oyun tek perdede bitmişti. Ardından alkış kıyamet koptu. Suzi'nin dürtmesiyle ayağa fırladım. Ayakta dikilmiş sahnedeki oyuncuları alkışlıyorduk. Yine de bu kadarı abartı diye düşündüm.

Eskiden ünlü olan oyuncuların, yitirilen şan şöhret uğruna düştükleri rezilliklerden bahsediyordu oyun. Oyun içinde oyun ve sonunda kendini tabancayla vuran bir âşık. Karşılıksız aşktan intihar eden gencin bunalımına gerçekten üzülmüştüm, ancak üzülmeye fırsat kalmadan apar topar salonu boşaltmak zorunda olmak yanılsamadan hakikate ışınlanmamızı gerektiriyordu. Oyunun sonunda Suzi yine kolumdan çekiştirerek beni bir yere götürdü. Adı fuaye miymiş neymiş. "Oyuncuları yakından görürüz, belki bir iki kadeh bir şeyler içeriz, içlerinden tanıdığım biri var" diye diye sürükledi beni. Bu tür şeylerle ilgilenmiyordum, bir an önce eve dönmek istiyordum, aslında bir taraftan da oyun hakkında yapılacak eleştirileri sahiden merak ediyordum. Bütün bu kafa karışıklığımın arasında, intihar eden genci gördüm, salonun en önünde küçük bir platforma sırtını yaslamış diğer oyuncularla birlikte ayakta dikiliyordu. Ara ara bizden tarafa bakıyor, bir taraftan aşırı bilmiş bir ses tonuyla soruları yanıtlıyordu. Söyleşi bittikten sonra seyircilerin ve eleştirmenlerin olduğu sandalyelerin arasından bizim olduğumuz yere geldi.

"Sizi tanıyor muyum?" dedi Suzi'ye.

Suzi gayet işveli "Her zamanki gibi şakacısın, tebrikler oyun muhteşemdi. Nasıl gidiyor? Bizim Artur da prodüksiyonda mı? Geçen sefer ışıktaydı..." diye es vermeden arka arkaya sorular sıralıyordu.

Ben yokmuşum gibi konuşurlarken birbirlerine öyle çok eğiliyorlardı ki, baş başa kalmak isteyeceklerini düşündüm, fuayenin çıkışına doğru gidip onları uzaktan seyrettim. Artık konuştuklarını duyamadığım için bulunduğum yerde iyice fazlalık olduğumu hissettim. Çıkıp gitmekle, kalıp onları seyretmek arasında gidip gelen iğrenç kararsızlığım, önüne geçemediğim bir öfkeye dönüşüyordu. 'Neden buradayım? Neden yalnız başıma burada duruyorum? Neden çıkıp gidemiyorum? Başkaları hayatlarına gözümün önünde yeni heyecanlar katarken, ben neden hep olduğum yerde sabit duruyorum?' Orada öylece durmuş kendi kendime öfkeden ya da her neyse daha önce pek aşina olmadığım o duygudan kudururken, Suzi'nin bana seslenmesiyle kendime geldim.

"Nerdesin sen? Tuvalete gitmenin sırası mı?" diye kulağıma art arda muzip sitem sorularını bıraktı. Bir şey açıklamama fırsat kalmadan;

"Arkadaşınla tanıştırmayacak mısın beni?" diye seslendi oyundaki intihar eden genç, platformda duranlara veda edip Suzi'nin arkasından yanımıza gelerek.

"Tabii, bu Naomi, bu da Kristof!" deyiverdi Suzi. İkisiyle de konuşacak gücüm yoktu, buna rağmen bir şeyler beni konuşmaya itiyordu:

"Merhaba, memnun oldum!"

***

Kristof'la o gece böyle vasatın altı bir romantizmle tanıştık. Benden önce en yakın arkadaşıma sarkan bir adama ne diye bel bağladım, bilmiyorum. İşaretler yine doğruyu, belki yanlışı demeliyim, her şeyi önceden bana göstermişti aslında. Daha en başta Kristof, beni değil Suzi'yi beğenmişti. Bu yanlış yolda olduğumun apaçık bir işareti değildir de nedir! Tabii ki bunu o an göremedim. Duvara toslamam hep bu körlükten. Düşüncelerimde öyle bir dalıp gitmişim ki, kendimi Memo'yla görüşme odasında dans ederken buldum.

"Napıyorsun Memo? Bırakır mısın bileğimi."

"Affedersiniz Canik Hanım, acayip dalmıştınız, ne söylesem, 'hee hee' diyordunuz, ben de bir görmek istedim…"

"Benimle neler yapabileceğinizi mi görmek istediniz? Hiç vakit kaybetmiyorsunuz Mehmet Bey!"

"Memo'da kalsaydık iyiydi aslında, peki peki kızmayın, siz anlatın Canik Hanımcığım bu kez."

"Neyi anlatayım? Hasta olmadığınızı itiraf etmeye mi karar verdiniz yoksa? Bıraksam işimi elimden alacaksınız, pes!"

Memo gözlerimin içine baka baka, hatta inceden gülümseyerek kafasını duvara vurmaya başladı. Onun bunu kasıtlı yaptığına, kendine hasta süsü vermeye çalıştığına öyle emindim ki, kararımı boşa çıkarmadı. Bir süre sonra kaşından süzülen kana aldırış etmeyince kendiliğinden durdu.

***

Memo'nun hikâyesi o yıl duyduklarım içinde en ilginciydi. Esasen Memo, bir kan davası kaçağıydı. Yozgat'tan Avusturya'ya, oradan da Almanya'ya, anlattığına göre dağlardan dolaşarak kaçıp gelmiş. Miras davasından, amcaoğlu babasını vurunca, o da amcasını vurmuş, karısıyla üç çocuğunu ardında bırakıp düşmüş yollara. Yer bilmez, iz bilmez bir kaçakken, Berlin'de Türk lokantalarında bulaşıkçılıkla tutunmuş, sığınmacı olup kalmış. Kırsalda apolitik yetişen Memo, telefonda anasıyla ana dilinde Kürtçe konuşsa da "Kürt müsün?" diye soranlara sert çıkışır, has be has Türk olduğunu haykırırmış.

Buraya kadar aslında herhangi bir olağandışılık yok, hikâyesi bundan sonra şaşılacak bir hâl alıyor.

Bulaşıkçılıktan Imbiss'e yani döner büfelerine geçen Memo, oradan da Türk lokantalarında usta aşçı olarak çalışmaya başlamış. Gel zaman git zaman lokantaya uğrayan, kendinden yirmi beş yaş büyük, emekli Alman bir kadınla evlenen Memo, kısa süre sonra kadının servetine konunca aynı taktikle, başlamış başka yaşlı Alman kadınlara yamanmaya. Tanıştığı her zengin ve yaşlı kadına aynı yalanı söylemiş; "Ortağı olduğum lokantanın kredi borcunu ödeyemiyorum, batmak üzereyim." Kadınlar bunun hâline acıyıp kendiliğinden kesenin ağzını açmışlar. Sonunda Memo binlerce avroyla sıvışınca hem soyulmuş hem terkedilmiş kadınların gazabından kaçabilene aşk olsun! Kaçamamış elbet, polisin azılı dolandırıcılar listesine birinci sıradan giren Memo, altıncı avında kıskıvrak yakalanıvermiş. Bunların çoğunu televizyonda, hakkında çıkan haberlerden öğrenmiş olmamız, onun ününün nerelere vardığının bir delili olsa gerek.

Evet, Memo hapishaneden de kaçmanın yolunu bulmuş ve birkaç abuk sabuk hareketle, aklını kaçırdığına doktorları inandırmış. Böylece kadınların yanında beyaz önlüklüleri de dolandırmıştı. Bu gerçeği bildiğimizi ikimiz de birbirimizden saklıyorduk, beraber yaptığımız terapilerde her nasılsa bana güveniyor, ben de güvenini boşa çıkarmıyordum. Öte yandan bu sezgimden tereddüt ettiğim akıl dışı davranışları da oluyordu zaman zaman. Odanın ortasına dışkılaması ve tadına bakması gibi oldukça deli saçması şeylerle ruhsal bozukluğunun inkârı zor bir hastaydı Memo. Kimin yanında doğal, kimin yanında kaçık davranacağını iyi biliyordu neticede. Bilirkişiler de böylelikle biz rapor etmedikçe kanaatlerini değiştiremezdi. Açık istasyonda, yeterince uysal vakit geçirirse, dışarıya süreli çarşı izinlerine bile gidebiliyordu Memo. Bu da hapishanede vakit geçirmektense delilerin dostu olmayı yeğlediği anlamına geliyordu.

***

Böyle kendine güvenen, çok bilmiş, kurnaz ve oyunbaz erkekleri gördüğümde Kristof'u hatırlıyorum. Onu düşünmekten burada değilim, hayır, ama beni ezenlerden kurtulmaya çalıştığım bir gerçek. Kapatılanların başındayken, şimdi içlerindeyim. Kapana kısılmış, geçmişin düğümünden azat etmeye çalışıyorum kendimi belki. Geçmişin geçmişine seyahat ediyorum zihnimde. O gün Memo'nun anlattığı uydurma hikâyelerin, yalandan duvara kafa vurmalarının ötesinde düşündüklerim en derine gömdüğüm, hiç hatırlamak istemediğim berbat anılardı. Berbat olmak zorunda. Sonunda yaşadığım onca acıya rağmen güzeldi diyemem. Peki bu anılar olur olmadık yerde istemsiz, nasıl oluyor da aklıma düşüyor? Bazı kokular, bazı sesler, bazı an'lar, bazı yüzler insanı hiç hatırlamadığı bir an'a sürükler durur, düş mü gerçek mi, çık işin içinden, çıkabilirsen.

***

O geceden sonra Kristof'u uzun bir süre görmedim. Rüyalarım hariç... Onlar da öyle pembe bulutlu değillerdi; daha çok karabasanların boğazıma oturduğu, terleyerek nefesim kesilmek üzereyken uyandığım kâbuslardı. Bu kasvetli rüya döngüsü hep aynı şekilde gelişiyordu. Birkaç gün sakin geçiyordu ve sonra yine aynı döngü, bir türlü içinden çıkamıyordum bu rüyanın. Şöyle bir resim döndükçe döndü: İntihar eden gence yani Kristof'a, o sahnedeyken gözlerimi ayırmadan hayran hayran bakıyordum, o da öldüğü yerden kalkıyor, birden seyircilerin arasına atlayıp Suzi'yi kollarının arasına alıyor, şehvetle öpüyor, bir taraftan da gözlerini bana dikmiş gülümsüyordu. O sırada ben bakışlarını görür görmez ayağa kalkıp kaçıyordum, daha doğrusu kaçmaya çalışırken ayağım koltuklara takılıyor, tanımadığım onca insanın kucağına düşe kalka salondan çıkmaya çabalıyor, ne var ki kan ter içinde uyanıyordum. Suzi'ye açıkça rüyamdan bahsetmedim, bahsedemedim belki, o her zaman ne istediğini bilen, güzel, alımlı bir kadındı. Onun aklına durduk yere Kristof'u sokmaktan korktum.

Tiyatrodan sonra trende eve giderken, Suzi'ye "Neden Kristof'la ilgilenmedin?" diye sormuştum, o da bana "Geçen hafta biriyle görüşmeye başladım, ama daha yeniyiz, araya birini almak istemiyorum, ayrıca Kristof tipim değil" dedi. "Neden sordun? Yoksa sen mi hoşlandın ondan?" diye ekledi ve inceden alaylı kikirdedi. Hayır desem de inandıramadım onu. Sonunda tiyatrocuların benim gibi işinde gücünde, gece hayatı olmayan, hatta aşırı hassas birini üzebileceğinden bahsetti ve bir daha hiç açmamak üzere bu konuyu kapattık.

***

Kilise çanının dördüncü vuruşunda, başımı sarktığı yerden zor toparladım, saat öğleden sonra dört olmuştu bile.

Memo arkası bana dönük, uzandığı kahverengi vinleks koltuktan tavandaki alçıdan çiçek oymalarına bakarak ballandıra ballandıra bir şeylerden bahsediyordu. Daldığımı fark ettirmeden hemen toparlandım, söylediklerine kulak kesildim. Yozgat'ta sayısal lotoyu son rakamla kaçırdığını anlatıyordu. Aslında şanslı biri olduğunu, yoksa buralara kadar gelip bir Avrupalının sahip olduğu imkânlara ancak İlyas Salman filmlerinde rastlayacağını söylüyordu. "Gerçi sittin sene köyüme gururla dönemem, ne gururu lan, hiç dönemem" diye ara ara iç geçiriyordu. "Dönmeyi hayâl ettiğiniz bir köyünüz olduğu için yine de şanslısınız" derken içimden annemlerin köyünü, teyzemin anlattığı şekliyle gözümde canlandırmaya çalışarak ona "Köyde en çok neyi özlediniz?" diye sordum. Köyünden söz açılınca hep aynı cevabı veriyordu Memo; çocuklarını özlediğini, daha önce defalarca kez söylediği gibi. "Neyi dedim, kimi demedim Mehmet Bey!" dediğimi hatırlıyorum elimde olmadan, o dakikada Memo doğrulup yanıma geldi, cebinden kupona benzer birkaç tane kâğıt çıkardı.

"Bunlar nedir?" dedim.

"Jackpot yani yok mu sayısal loto gibi işte" dedi Memo.

"Biliyorum onun ne olduğunu, e ne olacak şimdi bunlar?" dedim nedensiz öfkeli.

"Siz benden daha şanslısınız Canik Hanım, koskoca doktor olmuşsunuz, doğru sayıyı tutturursunuz kesin" dedi pek de lafına inanmış bir tavırla.

"Kumarı bıraktığınızı sanıyordum."

"Bıraktım ya hamdolsun, bu bileğimizin hakkıyla evelallah" dedi kirli sakallarının çerçevesindeki tüyleri parmak uçlarıyla cımbız gibi yapıp yolmaya çalışarak.

"Öyle mi oluyormuş bırakmak?" dedim, söylediği yalana kendinden başka kimsenin inanmayacağını vurgulamak için.

"Canik Hanımcım bakın şimdi, bir ile kırk dokuz arasında altı sayı söyleyeceksiniz o kadar" dedi.

"15, 12, 20, 16, 36, 43…"

***

"36 ve 43, evet biri erkek için, teşekkürler" deyip gişeden aldığım patenlerle Kristof'a yürüyordum. Karlı bir Aralık ayı, belediye binasının önüne kurulan buz pistinde, el ele kayıyorduk. Hava eksilerdeydi, ama hiç üşümüyordum. Noel pazarı ışıl ışıldı, onun bana bakışı da. Gündüzden daha aydınlıktı gece, ağaçlarda asılı rengarenk ışıklı geyikler, yıldızlar, kırmızı beyaz şeker çubukları köşe bucak demeden döşenmişti. Kristof'la iş çıkışları nadir görüşebiliyorduk; ben nöbetteyken o dinleniyordu, o provadayken ben. Aralarda yorgun argın olsak da kısa bir görüşme ikimize de iyi geliyordu. Böyle bir günün gecesindeydik.

İzlediğim tüm aşk filmlerinden, dinlediğim tüm 'kavuşulmazsa aşktır' hikâyelerinden başkaydı. O andaydı. Benim ve onun tanık olduğu bir an. Gelip geçen, bir daha asla geri gelmeyecek bir an. Onu tanıdıkça tereddütlerim artıyor, ona dokundukça ise kayboluyordu. Pistin ışıkları sönünce, oradan tek açık kalan kulübenin saçak altına girdik, birer elmalı tarçınlı sıcak şarap aldık. İnsanlar soğukta birbirlerine daha da sokulmuş, içinde ateş yanan varillere yaklaşmış ısınıyorlardı. Kristof belimi kavradıkça daha da ısınıyordum.

"Beni üzer misin?" diye sordum gözlerinin içine kaçak bakışlarla.

"Seni severim" dedi Kristof.

O zaman da inanmamıştım ama insan inanmak istiyor, bilerek yanılmak belki. Birine ait olabileceğimi hissetmiştim, birinin arabasında tutunmadan, kemersiz hızla gitmek. Yeterince hızlanınca, rampada yokuş aşağı zıplamak, sarhoşken uçacakmışız hissiyle onun arabasında hızla gitmek. Nereye olduğunu bilmeden ve sonunda bir karar vermek zorunda olduğumuzu bile bile ya bu gece ayrılacağız ya da bu yolda öleceğiz.

O gece ilk kez seviştiğimizde onun evinde uyandım. Şehrin en kalabalık caddelerinden birinin arka sokağında, varoş bir binaya girdiğimi hatırlıyordum. Alelacele birbirimizin olmaktan kaçıp uykuya saklanmıştık. İşe yetişmek için ondan önce kalkıp duşa girdim, banyo kapısının kilidi yoktu, 'Neyse ki duş perdesi var' deyip küvette yıkanmaya başladım. Tam çıkacakken kapı açıldı, "Selam, günaydın" diyen yabancı bir ses, bana öyle geliyor diyerek perdeyi araladım, Kristof olmadığını görünce, avazım çıktığı kadar bağırdım:

"İmdat sapık, çık çık çık dışarı!"

"Durun yanlış anladınız, içerde biri olduğunu bilmiyordum" derken dışarıya çıkmıştı sapık sandığım adam.

"Kimsin sen, hırsız! İmdat hırsız!"

"Hayır hayır, Kristof'un ev arkadaşıyım ben, kapı bozuk,

tamir edemedik, içerde sizin olduğunuzu bilmiyordum, çok özür dilerim."

"Gidin buradan, hemen!"

Tanımadığım o adamı banyodan dışarıya çıkarttıktan sonra şaşkınlıktan kasıldım kaldım. Adamın kötü bir niyeti yoktu, sadece elini yıkamak istemiş, kapı bozukmuş, bozuk kapı... diye kendi kendimi telkin edip küvetten çıktım.

Bir yabancının çıplak vücudumu kıyısından görmesinden mi, Kristof'a daha önce bir ev arkadaşı var mı diye sormadığımdan mı bilemiyorum, şoka girmiştim. Üstümü giyinirken Kristof odasında yoktu, banyoda kopan kıyamete koşmamasından anlamam gerekirdi. Evde de yoktu, gitmişti. Henüz başındaydık her şeyin. Telefonla konuşmayı sevmezdi. O beni aramadıkça, ben de onu arayıp soracak değildim. Unutmaya çalışacaktım. Fakat nereye baksam o duruyordu karşımda. Dayanılacak gibi değildi.

Son görüşmemizden üç ay sonra, rüyalarımın sözünü dinleyip korkumun üstüne gitmiştim, en önde onu bir kez daha seyretmek için Martı'ya en pahalı koltuktan bir bilet almıştım. Çıkışta biraz oyalanıp oyuncuların giriş kapısına yakın bir alanda soğuğa rağmen bir sigara yaktım. Sigaramı söndürmeden oradan geçmesi için belki de ilk kez bilinçlice Tanrıya dua ettim. Üçüncü nefeste oradan geçti. Gülümseyerek yanıma geldi ve böylece yeniden başladık. Korkularım kısa bir süreliğine son bulmuştu, çok geçmeden bu korkunun geri geleceğini bile bile, belki bunu görmezden gelmeye çabalayarak, o anda olmak bir kez daha yaşadığımı hissetmek için bunu yaptım.

***

Memo'daki dolandırma hâli beni dönüp dolaştırıp Kristof'la birbirimize oyunlar oynadığımız bu ilk zamanlara götürüyordu. Böyle anlarda katatonik eski hayallere dalıp gitmelerim arttıkça dengem alt üst oluyordu. Kristof'un benden veya aşktan kaçışına sebep olan gerçeğin peşinde, sahne sahne tarama yapıyordu beynim. Şimdi hastanenin bu soğuk odasına hapsedilmiş olsam da onu o ilk an'daki haliyle, her düşündüğümde sahiden ısınabiliyorum.

3.

Şişko hemşire zorlama bir tatlılıkla "Size iyi gelecek bir şeyler var bende" deyip elindeki dosyanın arasından birkaç kartpostal çıkarıyor. Kartpostalların birinde metroda bekleyen insanların gölgelerini görüyorum. Tren rayları, duraktaki levhada Fransızca bir bulvar adı ve sıra sıra dizilen yolcuların silüetleri... Geçmişe rayların üzerinden gidiyorum bu kez.

İki Kasım önceydi. Metrodan çıkarken, biri elime bir bulvar gazetesi tutuşturdu. Şu bedava diye herkesin her gün muhakkak duraktan geçerken bir tane alıp sıkıntıdan karıştırdığı, abartılı, bol kepçeden argolu, günlük bir dille yazılan, çoğu 'İngiltere veliaht prensinin doğacak çocukları' manşetli, uydurma ve adli vaka haberi dolu gazetelerden biri elimde duruyordu. Ön yüzdeki mavi kravatlı, Beyaz Saray önünde tokalaşan, neredeyse 90 yaşlarında bir adamın fotoğrafına bir süre anlamsız baktım. 70 yaşını aşanları siyasetten menetmeli, diye düşündüm. Hemen yan sütunda başka bir fosil duruyordu, bu kez bir kadın. Fransa'nın yeni başkanı olabileceğinden bahsediyordu, aynı gazetedeki resmi parmağıyla göstererek yanımdan geçen biri. 'Umut' diyorlardı, bu umudun işaretiymiş. Özgürlük propagandasıyla silahları satmaktan bir kadın mı vazgeçecek yani, diye düşündüm. Kadın botokslarıyla 40'ında gösteriyordu, *ülkeyi de küçültmesin bu bok*, dedi içimdeki karanlık. Gazeteyi dürüp istasyonun çıkışındaki çöp kutusuna attım.

***

Son zamanlarda evde olmak iyi gelmiyordu, dört beş günde bir nöbet tutuyordum, bu nedenle Prof. Bauer'den uyarı almam an meselesiydi. Haddinden çok çalışmaya iznimiz yoktu, izinlerimi zorla kullanmak durumunda bırakılırsam nereye gideceğim, ne yapacağım düşüncesi beni mahvediyordu. Şeri'yi aramak, onunla görüşmek istemiyordum, hoş seyrek de olsa, çat kapı gelişleriyle yeterince beni çığırımdan çıkarıyordu. Böyle zamanlarda yoldan geçen araçların kornaları, çalar saatin yahut fırının alarmıyla oturduğum yerden havaya zıplıyor, kapıya fırlıyordum. Her seferinde zil çaldığını, Şeri'nin kapıda beklediğini düşünüyordum. Üstelik tek başına olsa yine iyiydi, yanında bir de o zırlayan küçük çocuk oluyordu. Çocuk durmadan avazı çıktığı kadar bağırıyor, onunla ilgilenene kadar bağırmalarından ödün vermiyordu. Altını değiştirince yahut mamasını yedirince, tam susacak diye beklerken, bu kez de şebeklik istediğinden, neredeyse bütün gün ağlayıp duruyordu. Nasıl hem bu kadar muhtaç hem de bu kadar şımarık olduklarını aklım bir türlü almıyordu. Çocuk bakmak, kadına yüklenmiş bir çeşit işkence olmalıydı. Bezdirici tiz çığlıklar arasında ne duyabiliyor ne de konuşabiliyordum.

37

Tümüyle insanın kendini bir canlıya adaması yasaklanmalıydı. Yalnızca bağımlı kişilik bozukluğu olanlar, nasılsa başka kaçarları olmadığı için istiyorlarsa damızlık olarak toplumun sistemli üremesinde kullanılabilirlerdi. Aksi hâlde, zaten istemeden anne olanlar, bağımlılık bozukluğuna tutulmaktan kaçamayacaklar, diye düşündüm metrodan çıkarken. Koca göbekli babalar, yassı popolu anneler ve gece gündüz, yaz kış etrafında döndükleri çocuklar, ki bir gün bu çocuklar büyüdüğünde hasta sayısı kendiliğinden katlanacaktı. Hasta anneler ve hasta çocukları. Bundan kaçış yok. Daha çok biftek tüketebilmek için bir yerde çoğalmaktan kaçınmak gerek diye düşündüm, camekânı beyaz Bavyera sosisi ve domuz kafası dolu kasabın önünden geçerken.

Vejetaryen olmak yerine, çocuk tüketmekten vazgeçmeyi hiç düşünmeyenler yüzünden mahvoluyorduk. Her gün daha kirli, daha aciz, daha aç yaşıyor, bunun sonucunda da daha vahşi düzüşüyorduk. Tüm bunlardan kendimizi sorumlu tutmaktan kolayı vardı. Bize et yemeyi dayatan mason firmalar başta olmak üzere, mutlak güçlerin Allah belasını versin, diye geçirdim içimden. Sonra Şeri'nin yanında o sevimsiz cüceyle aniden kapımı çalıp karşıma çıkmamasını, yok yok, hiçbir şekilde karşılaşmamayı diledim.

Evde kalmaktansa, bu korkulu sıçrayışları kovmanın tek yolu çalışmak, çok çalışmaktı. Kafamda bu tedirginlikle işe gidiyordum. Ellerimi çaprazlama koltuk altlarıma doluyor, arkama bakacakken, önümde belirirlerse diye düşünüyordum. Yok yok, işyerime gelemezler, daha neler. Her zaman yaptığım gibi klinik yolu üzerindeki büfeden bir brezel[1] aldım, hastanedeki odamda yarım yamalak yiyip beyaz önlüğümü üzerime geçirdim.

***

Haftanın ikinci günü yine açık istasyonda vizitedeydim, sonbaharın tatilsiz günlerindeki hasta yoğunluğu oldukça fazlaydı, iki kişilik odalar dahi bu yüzden tam kapasite doluydu. Betty'nin odasına girdiğimde yine uyuyordu. Oda arkadaşı Jenny'e nasıl olduğunu sordum, birkaç tetkikten sonra notlarımı tamamladım, bu sırada Betty hâlâ uyanmamış, hatta kıpırdamamıştı. Paranoid bozukluğunun yanı sıra başkaca bir rahatsızlığı daha olup olmadığını henüz bilmiyorduk. Ne var ki, Betty kendini mükemmel görüyordu, kimse onu doğru düzgün terapiye ikna edemiyordu. Betty uyanır uyanmaz, kayan başörtüsünü düzeltti, sonra birlikte seans odasına gittik. Birkaç soruyla açılmasını beklediysem de bir işe yaramayınca, pes edip sonunda doğrudan konuya girdim.

"Adımdan fark etmek zor, ama ben Müslüman kökenli bir ailedenim" dedim ona. Gerçi onun adından da Müslüman olabileceği anlaşılmıyordu. Büyük saçmalamıştım, şimdi benim onu iyileştirebilecek kadar zeki biri olmadığımı düşünecek, diye kısa süreli hayıflandım. Attığım yemi sindirirken, hiç tepki vermeden gelecek hamlemi bekliyordu. "Bak bu hikâye ilginç" deyip anlatmaya başladım, "Başörtüsü tak diyen olmadı bana, ama yine de evleneceğim kişi sünnetli ve Müslüman olmak zorunda." Burada şaşıracağını sanıp es verdim, "Tabii

---

1 Alman simidi.

aileme göre." Omuz silktiğini görünce yılmadan söze devam ettim. "Bir dinde bile birlik yok değil mi? Ne tuhaf..." derken sözümü kesti Betty, "Bir Müslümanla mı evlisiniz?" diye sordu. Demek ki ilgisini çekmeyi başardım, diye içimden kıs kıs güldüm. "Hayır," ben onları dinlemem diyecek oldum, toparlayıp "Eski erkek arkadaşım tanrıtanımazdı" dedim. Kaşlarını çattı.

Betty'nin oldukça katı duran yüzü, bir süre sonra gevşemeye başladı ve epey sustuktan sonra, kendi isteğiyle örtündüğünden söz açtı. Öz ailesinin ve ilk kocasının Katolik olduğundan bahsetti. İkinci kocasının ise ateist olduğunu söyleyip başını önüne eğdi. "Dinsizlik de dindarlık gibi katı olabiliyor bazen, değil mi?" diye sordum, o kendi kendine başka bir şey anlatmaya başladı gözleri terliklerine dalmış "Vaftiz abdest bir, vaftiz abdest bir, örtü göze perde, örtü göze perde..." şeklinde bir tekerleme tutturmuştu. Duyduklarım son derece saçma, kopuk şeylerdi, buna benzer kelimeleri durmadan sağa sola sallanarak mırıldanıyordu. Sonunda kendine gelip mantıklı bir cümle kurdu, "Hep bir Tanrıya inanırdım, ama onlarınkine değil..."

***

Devasa bir gondolun altında durmuş, ışıklarla süslü gövdesinin içinde çığlık çığlığa uçuşan kollara bakıyorduk Kristof'la. Eğlence adı altında insanları bu denli korkudan bağırtan bir gondol, karanlık gökyüzünde fırtınanın dalgalarından kaçan bir gemi gibi sallanıyordu. Gittikçe başımızı döndürüyordu. Gondolun bir sağına bir soluna bakarken, "İki bilet alıp geliyorum," dedim. Binmek istemedi. Tek başıma, tek kolum havada salınırken aşağıya, ona baktım. Öyle küçüktü ki, onu tutup avcuma almak istedim. Aşağı indiğimde, gondolda neden hiç çığlık atmadığımı sordu. Korkmak için eğlenmediğimi söyledim. "Tabii ya senin Tanrıdan özel koruman var," deyip alaycı güldü. Arkamı dönüp yürüdüm, ondan olabildiğince uzağa gitmek istedim. Peşimden geldi, elimi avucuna alıp var gücüyle sıktı. Ani bir çığlık attım. Bağırdığımı görmekten memnun "Hani göstersene nerede şimdi Tanrın?" diye sordu. "Sen olmadığını göster önce" dedim. "Herkes, kendisinin Tanrısıdır" deyip aksi yöne gitti. Ben de onun peşinden.

***

Betty, sağa sola sallanarak anlamsız mırıldanmalarına devam ederken, onu sakince süzüyordum. Kelime-i şehadet getirdikten sonra, koyu bir dindar olmuş. Hangi milletten olursa olsun İslâm'a dönenlerin Arap Müslümanlar gibi giyindiğini çok görmüştüm. Betty de onlardan biriydi. Mavi nazar boncuğu gözleri, sıkı sıkıya alnından başlayan siyah örtüsüne rağmen yüzünü ışıl ışıl aydınlatıyordu. Ancak aynaya ya da herhangi bir kimsenin yüzüne bakmadığından, bu ışıltının farkında olmadan yaşıyordu. Yerlere uzanan desensiz feracesi yine koyu renkti. Aslında başörtüsünün altından çıkan beyaz bonesiyle, böyle ilk anda bakınca dindar bir Müslümandansa, daha çok bir rahibeyi andırıyordu. Ona bakmak, tıpkı çocukken gittiğim yuvadaki müdirenin, kutsal günlerde kilisede giyindiği hâliyle karşılaşmak gibiydi. Birden durdu, hararetle söze girdi, "Hepsi Tunuslunun yüzünden" dedi. Nasıl yani, diye soracakken, "Kendine aşık edip gitti. Peşinden gitmek istedim, ama nereye... Hiçbir iz yoktu. Ben de kapandım" dedi. Öyle bir kapanmak ki, yalnızca ipek örtüyle değil, aynı zamanda tüm çevresini kendinden uzaklaştırarak kapanmak. Yedi göbek öteden doğup büyüdüğü topraklarda, birden dışlanan, sevilmeyen biri olup çıkmış. Tüm iş görüşmelerinden hüsranla dönmüş, örtülerini görenler, açılması için onu ikna etmeye çalışmışlar ama başaramamışlar. Bunları yaşadıkça, daha da içine, kendi yalnızlığına kaçmış Betty.

Kliniğe geldiğinden beri, bir hafta yatağında yatıyor, sonraki hafta zorlamayla biraz açılıp dolaşıyor, bizlerle gönüllü birkaç cümle kuruyor, sonra yine yükünü sırtlayıp yatağına gömülüyordu. Oda arkadaşı Jenny'le neredeyse hiçbir diyaloğa girmiyor ve sonra yine kendini ansızın toparlayıp sosyal ihtiyaçlarını yerine getirebiliyordu. Kendini dış dünyadan soyutladığı bir hafta Betty'nin odasına girdim, gözünü tavana dikmiş kıpırdamadan uzanıyordu. Kliniğin iç bahçesinde kısa bir yürüyüşe götürdüm onu, isteksizdi. Tunuslu ülkesine geri döndüğünde, çatışmalar başladıktan sonra bir daha ondan haber alamadığını anlattı ve gözlerini bir yere sabitleyip kaldı. Kendimi öyle anormal hissediyordum ki onun yanında, tepkileri tam da olması gerektiği gibi, diye düşünüyordum. Bana kalsa, onu kendi hâline bırakır, Betty'nin deli olduğunu düşünmelerine izin vermezdim. Bunca yanılgıya, bunca istenmemeye kim dayanabilir ki? Ondaki bu beklenmedik katatonik uyuşmalar, otizmi andıran sallanmalar, kaotik çağrışımların hepsi, bende müthiş bir iç huzura yol açıyordu. Acıdan tükenen benlikle besleniyordum. Bu acı, katiyen benim değildi. Hâlâ bankta oturuyorduk. İki sigara yakıp birini ona uzattım, tam o sırada acil çıkış kapısına yanaşan ambulansın siren sesine aynı anda başımızı çevirdik.

***

Şeri'yle, kiracımızın evine, ölen akrabaları için taziyeye gitmiştik. Birkaç mahalleli, bir iki de uzak akrabanın gelmesiyle teyzem de rica üzerine kırık tilavetli bir Yasin okumuştu, kalabalık, uluca bir 'amin'den sonra eve, yukarı çıktık. Ölüm söz aldı mı, ağzımızı bıçak açmazdı. Sessiz sessiz gidip gelirken evin içinde bir böcek görüp teyzemin kucağına koştuğumu hatırlıyorum. Böcekten korktuğumdan değil, ölüm olduğundan. Ona sarılmanın bir çeşit yolu olmuştu böcek. O akşamüstü sofraya oturduğumuzda, bir siren sesiyle irkildik. Sokakta az sayıda ev vardı ve binaların arası oldukça seyrekti, oturanların çoğu Türk komşularımızdı. Aynı anda kaşıklarımızı çorba tabağında bırakıp pencereye koştuk Şeri'yle, ambulansı geçerken gördük, tanıdık birine mi gelmiş diye anlamaya çalıştık bir süre.

Ambulans arka sokaktan çıkıp düz devam etti, mahallelide de bir hareket olmayınca, boş merakımızdan utanıp masaya döndük. "Şu siren sesini bir bizim köyde, bir de bu mahallede duyarsam yüreğim cız ediyor" dedi Şeri. "O niye ki?" dedim şaşkın. "Gâvurlara ne olursa olsun, bize ne kızım!" Şeri'nin bu lâfını her hatırladığımda, sebebini tam olarak bilmesem de içim fena olurdu. En çok, ambulansla hastaneye getirildiğim gün evde olan bitenden sonra içinde olduğum o ambulansın

43

siren sesinin teyzemin kulağında yankılandığını, o sırada talihsiz bir rastlantıyla güle oynaya umursamadan işlerine devam ettiğini düşünürdüm. Yine başka bir ambulans geçerken, Şeri'nin abartıp 'biri daha geberdi zındıklardan, oh olsun', dediğini hayal ederdim. Bazen aynı ânın türlü varyasyonlarında dolaşırken bulurdum kendimi. Bu varyasyonların birinde, Şeri'nin içinde benim olduğumu bildiği, geçen ambulansa tepkisi birden aşırı bir acıyla donmak olurdu, ambulans sirenlerini duyduğunda günah çıkartırcasına hıçkırarak ağladığını düşlemek biraz olsun içimi ferahlatırdı. Sonra yine teyzeme bunun lafını dâhi hiçbir zaman açamayacağımı bildiğimden, telafisiz bir iç sıkıntısıyla dolardım.

***

Siren sesleri durunca, hastanenin acil girişinde, ambulanstan sedyeyle indirilen yaşlı bir adamla göz göze geldik. Adam çaresiz, acı içinde görünüyor, dışardan bir yarasının olup olmadığı anlaşılmıyordu. Sedye, binanın kapısından içeri girene kadar, Betty'le öylece adama baktık. Adamın gözleri son bir yardım çığlığı olmuş, yalvarıyordu. Kolunu dahi kıpırdatmadan uzanırken, bir an olsun bakışlarını benden ayırmıyordu. Korkuyorum, diyordu gözleri. Betty'e baktıkça, insanın kendine zulmünü görüyordum. Özgürlüğüne düşman bir kadın, kendini açık denizden, pet şişeye tıkıyor, ne yazık, buna her şey müstahak, diye düşündüm ona bakarken.

Birkaç hafta geçmiş, epeyce yol kat ettiği için sevinmeye başlamıştık. Ancak Betty'nin çevresine karşı hâlâ tedirgin, oldukça güvensiz olduğunu gözlemliyorduk. Ona nasıl yardım edeceğimi biliyordum, ama açıkça söylesem bırakmazlardı. Bu kez ben işimden olmak istemezdim. İçim içime sığmıyordu onu son zamanlarda gördüğümde. Bir tek bendeydi ilacı. *Bu hayatta yapacağın en büyük iyilik olacak*, diyordu içimdeki ses. Onu günlerce duymazdan geldim, neden sürekli bir başkasına iyilik yapmak zorunda hissettiğimi düşündüm. Hayatta olmanın değil belki ama cennete gitmenin koşulu iyilik toplamaktı. Kimse kimsenin iyiliğini ödünç alamaz, hepimiz birer iyilik koleksiyoncularıyız. İyi kötü ne kadar iyilik varsa hepsini biz toplamalıyız, benim iyiliğim kimsede yok. Faydacılığımdan midem bulandı.

Ertesi gün taburcu olacaktı. Betty'i son kez görmek için odasına girdiğimde, kapı aralığında dona kaldım. Betty elindeki yastıkla Jenny'nin yüzüne var gücüyle bastırıyordu. Jenny'nin kolları hareketsiz kalıncaya kadar seyrettim. Betty soluk soluğaydı. Başörtüsünden taşan saçlarını ve yeşil örgü hırkasını düzeltti, yastığı usulca Jenny'nin başının altına koydu, kendi yatağına doğru giderken eşikte beni gördü. Hiçbir tedirginlik belirtisi göstermeden tok bir sesle açıklama yaptı; "Beni öldürecekti, ben yapmasaydım, o beni öldürecekti." Karşılık vermeden kapının yanındaki kırmızı çağrı düğmesine bastım ve Jenny'nin nabzını kontrol ettim, atmıyordu. Sırasıyla gelen hasta bakıcılara, Prof. Bauer'e, hastane yönetimine ve polislere cinayeti Betty'nin işlediğini son anda gördüğümü, olay anından sonra yanlarına gidebildiğimi, müdahale edecek zamanımın olmadığını söyledim.

4.

Burnumun ucunda bir pamuk gezdiriyor şişko, işe yarıyor, ayılıyorum. Kartpostallar ayak ucumda duruyor, en üstte bir palyaço görünüyor bu kez. Bu resme baktığımı anımsamıyorum. "Sizin bir hafıza probleminiz olmalı" diyor hemşire. Demek sesli mırıldanmışım. Densiz densiz konuşma, dememek için zor tutuyorum kendimi. Sanki o, evden her çıktığında kedisinin mamasını vermeyi hatırlıyormuş gibi, yakın gözlüğünü her seferinde evde unuttuğundan şikâyet etmiyormuş gibi, benim burada yatan bir hasta olmamdan kaynaklanan acizliğimi yüzüme vuruyor. Üstelik bundan keyif almışa benziyor. Pamuğu iğnenin girdiği deliğe bastırıyor. "Beni sahiden hatırlamıyor musunuz Canik Hanım?" diye soruyor, avucundan çıkan turuncu bir bandı tutarak. Onu da pamuğun üzerine yapıştırıyor. Mari'nin bebeğinin saçları turuncu, kolları, bacakları da pamuktandı, diye düşünüyorum.

***

Ben henüz bu hastanede çiçeği burnunda bir asistanken, psikiyatri kliniğinin ikinci katında 201 numaralı odada Tante Mari kalıyordu. Görünüşüne hürmeten taktığımız "tante" yani teyze lakabı, aslında onun gururunu okşaması dışında epey gerçeküstüydü. Hatta Mari'nin kendi gerçekliğinde sığındığı küçük kız figürünü çürüttüğü için de tehlikeli bir lakaptı. Çünkü çoktan nene olması gereken, tonton bir kadındı, ne var ki, ruhu çocuktu. Sabah vizitesine onunla başlamak beni bir tuhaf ederdi, nasıl denir, işlerin yolunda gittiğini düşündüren o garip his, bazıları 'mutlu olmak' diyor. Onda hiç hatırlamadığım ananemi anmak, ihtiyarlığın izlerini sürmek hoşuma giderdi. Bir zamanlar buz mavisi olan gözleri, artık etrafındaki buğulu halkalardan seçilemese de kırış kırış göz çeperlerinin arasından, hevesli bir çocuğu oyuna davet eder gibi bakardı.

Kliniğe ilk geldiğinde Mari, bana Nicole diye seslenmişti. Bu bana yakıştırdığı ilkokul öğretmeninin adı olsa gerek diye düşünür, ses çıkarmazdım. Sözümü dinlemesi için onun odasında kendimi Nicole yerine koyardım. Böylelikle Mari'yle değil belki ama, çocukluğuyla iletişime geçebildiğimi düşünürdüm. Bazen ödevlerini yapmadığı için ağlama nöbetleri geçirdiğinde, sınavlarının iyi geldiğini hatırlatıp ona yıldızlı pekiyi vereceğimi söylerdim. Bana sürekli, "Annem ne zaman gelecek?" diye sorardı. Bunu ilk duyduğumda, seksen yedi yaşında bir hastanın annesinin hâlâ hayatta olup olmadığını bir an düşünürdüm ama elbette bu gerçek olamazdı. Yine de ona yalan söylemeyi ihmal etmezdim: "Bir gün gelecek Mari, annen tabii ki gelecek..."

Gerçekte bir yakını olsa da bunun bir önemi yoktu, huzurevi yerine kaçıkların yanına düşmesi dışında elbet. Bedeni geçkin, ruhu gençken insan pekâlâ diyetine dikkat etmez, pantolonunu ıslatır, olur olmadık yerde güler ağlar, ama annesini özleyince yan odaya gitmek için ikinci kat penceresinden atlamaz. Sokaktan geçenler yolda buldukları Mari'yi "Bunak bir kadın pencerede bir süre 'anne' diye ağladıktan sonra gülerek aşağı atladı" diye polis tutanağına geçirdikten sonra hastanede bırakıp gitmişler. Bu türden bir kendi canına kastın, yalnızca bunaklıkla açıklanamayacağından psikiyatri servisindeydi Mari.

Çocuk Mari değilse de ihtiyar Mari ölmek istiyordu. Bunu (artık görmesi imkânsız olduğu) annesinin yüzünden mi yoksa aklının yokluğundan mı yaptığı kimin umurunda, diye geçirdim içimden. Tante Mari'nin bu sefer de bahçeye gittiğini sanarak, kazara bile olsa kendini balkondan aşağı atmasıyla, ikinci kez kurtulmasını ummak, kadere fazlaca teslimiyet olurdu. Neden huzurevi yerine bir akıl hastanesine yattığı sorusunun bir diğer cevabıysa yüksekten düşmesi (aslında atlaması), haricinde bacaklarındaki derin jilet kesiklerinde gizliydi. Bunu kendisine sorduğumda, annesiz küçük bir kızın bacaklarını kendi kendine tıraş etmek zorunda bırakıldığını söyledi. Unutmanın ötesinde bu öfke kalmıştı aklında, öyle ki her çocuklaştığında kendi varlığına karşı koyamadığı bir öfkeydi bu.

İki yıl önceydi, Kasımın son cuma sabahıydı, iyi biliyorum çünkü Noel çiçekleri zamanıydı. Mari'nin penceresindeki kırmızı narsist çiçeğine bakıyordum. Ona hediye ettiğimden bu yana iki kat büyümüş, kan kırmızı yapraklarını açmıştı. Çiçeğe yaklaşıp bardakta kalan suyun dibini saksıdaki kuru toprağa boşalttım. O sırada Mari, sabah serumundan yenice sakinleşmiş, sessiz sessiz gülümsüyordu. Pencereden dışarıya baktığımda karamsar olmamak elde değildi. Berlin'in renksiz, yüksek Doğu Bloğu yıkıntılarının arasında neden yeni bir hastane inşa ettiklerini, yeni bina dediğim hastanenin aslında pek de yeni olmadığını düşündüm. Yirmi yedi yıllık binaya neden yeni dediklerini anlamaya çalıştım sonra. Bunu düşünürken de bir sinir hastalıkları hastanesi için bu bölgenin fazla sinir bozucu olduğunu mırıldandım kendi kendime. Balkonsuz, her biri diğerinin kopyası yirmi katlı binalar, gemi kamarası büyüklüğündeki pencereleriyle küçücük hücrelere benziyorlardı. Hapishaneden farkı yoktu buranın, tüm gün onlara eşlik etmek de basbayağı gardiyanlıktı.

***

Mari'nin yüzünde, bahçelerinde, patozların berisinde oyun oynarken köyün delisi Hüsyin tarafından kaçırılan annemi görüyordum. Annem kaçırıldığında henüz üç buçuk yaşındaymış ve her şey ananemin gözlerinin önünde olmuş. Ananem bir gün bahçedeki çeşmede çamaşırları yıkarken, Deli Hüsyin annemi kaptığı gibi götürüvermiş. Ananem Hüsyin'in peşine düştüyse de yetişememiş, Şeytan Deresi'nin oralarda cin olmuş kayboluvermiş Hüsyin, tabii annem de onunla birlikte. Muhtarla jandarmaya haber salan dedemle ananem, annem bulunana dek, bir hafta on gün içinde yataklara düşmüş, bir deri bir kemik kalmışlar.

Zavallı annemi sonradan sapasağlam bulanlar, onun efsunlandığını, hatta erenlerin himâyesinde kurtulduğunu yaymışlar eşe dosta. Masal dinlemeyi seven ahali hızını alamamış olacak ki söylenceler bire bin katılarak yayılmış. Anlatılan o ki, komşu köyde sahipsiz bir ahırda yangın çıkmış, dumanın peşine takılan köylüler bir çırpıda ağlayan bebeği (bu annem oluyor) çekip kurtarmışlar. Tarlada karpuz çalarken yakaladıkları Deli Hüsyin'i önce öfkeden kudurmuş köy kalabalığı hesaba çekmiş, sonra da jandarmalar. Şeri yani teyzemin anlattığına göre, Deli Hüsyin'in öyle kötü bir niyeti yokmuş, karısının güzelliğinden aklını kaçırıp evi talan edince, karısı da canını kurtarmak için kundaktaki bebesini yanına alıp bunu terk etmiş. Evladının hasretinden, o günden sonra Hüsyin, yolda, bayırda, ovada, meydanda gördüğü köyün bebeklerini sırtlanıp götürür olmuş. Olmuş olmasına da üç gün kapatılan Deli Hüsyin'in dönüp dolaşıp vardığı yer yine Ağlasun'un bir ahırı olmuş. Biçare annem de bebekliğinde yaşadığı bu ne idüğü meçhul silik bir olay nedeniyle bir ayağı aksak, yüzünün yarısı yanık, bir on yıl kadar da kekeme kalmakla kurtulmuş.

***

"Yemeğini yedirdim Alice'e bak" diyordu Mari, elinde tuttuğu oyuncak bebeğin karnını işaret ederek. Daldığım yerden zor duyuyordum sesini. Ananemden anneme evriliyordu şimdi Mari, serum demirini düzeltirken ona bu bahaneyle daha da yakınlaşıp yüzündeki kahverengi benekleri inceledim, tiksinti ve karmaşayla ne zamandır orada durduklarını merak ettim. Marianne, 1960'lı yıllarda Humboldt Filoloji Enstitüsü'ne okutman atandığında, işe başlamadan önce arkadaşıyla ucuz bir tatil için Side'ye gitmiş, Türkçeyi orada öğrenip sevmiş. Diğer hastalardan Türkçe konuşanları duyunca Side'deki develeri ve falezli sahili anlatmaya başlaması bundan. Kendini mesleğine veren her kadın gibi doğurganlığının bitmesine beş kala, kırkında yine böyle bir Akdeniz tatilinde Türk bir garsondan hamile kalıp (bile isteye mi orası karışık) Berlin'e dönmüş. Buraya kadar her şey olağan, her şey ait olduğu kültürün bir parçası, herhangi bir yasadışılık yahut geç çocuk sahibi olmanın yol açabileceği bir travma yok. Hasta kayıtlarından ulaştığımıza göre, esas bunalımı emekliliğinin ardından gelişmiş.

Oğlu büyüdüğünde evlatlık gereklerini tam olarak yerine getirmemiş. Ne Noel'de ne paskalyada kapı zili çalmış ne de uzak ülkelere gidilen seyahatlerden gönderilen kartpostallar evinin duvarını süslemiş Mari'nin. İki semt ötede oturan oğlunun yüzünü bazen aylar, bazen de yıllarca göremediği olmuş. Bunda en büyük pay, her fırsatta torun istediğini oğlunun yüzüne hunharca vuran Mari'nin kendisinde sanıyordum. Çünkü insan hayatı boyunca çocukluğundan kaçar, birinin ona 'çocuksu' demesi bile bunalım sebebidir. Aynı hareketi yapmaması yahut tam zıttı bir şeyi kesinlikle yapması için dakikada on beş kez tekrar edilen söz öbekleri kimden geliyorsa, ona düşman olur, bu annesi bile olsa. Oğlu da bundan olacak, annesinden hep kaçmış demek ki.

Verdiği öğütler duvardan sekip yine yüzüne çarpınca, ellisine merdiven dayayan oğlunun hiçbir ilişkisinde dikiş tutturamaması Mari'ye dert olmuş. Tüm komşularına, otobüste, trende, yolda, lokantada, kafede gördüğü insanlara oğlunun tohuma kaçtığını, kendisinin zavallı bir kadın olduğunu, bu geçici dünyada nenelik duygusunu dahi tadamadığını anlatıp durmuş. Dahası oğlunun yanlış tesadüfler neticesinde çürük bir soydan dünyaya gelmesinden kaynaklı olarak topyekûn bir talihsizlik yaşadıklarından bahseder dururmuş. Çevresindekiler torun gezdirmelerinde, böylesi bir dertten habersiz, sürekli somurtkan bir yüz görmekten ve çemkiren sözler işitmekten bıkıp kendisine yüz çevirmiş, bir bir ondan uzaklaşmışlar. Mari'nin gece gündüz geçirdiği ağlama nöbetleri, onulmaz hezeyanlara, hezeyanları da gel-gitli bir parçalanmaya dönüşmüş. Açıkçası gerçekte anlattığı gibi böyle bir oğlunun varlığından da hiçbir zaman haberdar değildik. Nadiren kliniği arayan, Mari'nin vasisi olduğunu söyleyen birini biliyorduk, ne var ki, Mari'ye anne olarak hitap ettiğini duyan olmamıştı.

Kimsesizlik, bir bakıma çoğumuz için akıl almaz bir kâbustu. Ama benim için değildi. Hem bu dünyanın geçiciliğinden söz edip hem de ölmeden önce ona bir çizik atmayı istemek hastalıklı bir histi. Mari'yi hasta eden de bu düşünceydi. Bu yüzden, kendi kendine verdiği acılar yüzünden, komik bir hâldeydi. Böyle zamanlarda yani, en çok haklı çıktığımı gördüğümde, içimde gıdıklayıcı bir hoşluk gezinirdi. Aklını çocukla bozmuş, yaşlı bir kadının acizliği beni müthiş mutlu ediyordu. Çünkü benim teorimin denenmiş, kanlı canlı bir deliliydi o. Ne bir çocuk ne bir aile, insanın kendinden başka kimseye ihtiyacı yoktur, diyerek dolaştım Mari'nin yatağının ucunda. Gözlerine diktim gözlerimi, yaşlıların bu dünyaya ne kattıklarını anlamaya çalışacaktım ki, "Annem gelmeyecek mi artık!" deyip yalandan ağlamaya başladı. Neden bir topuk, bilek, burun, göz yahut kalp doktoru değil de akıl doktoru olmak istediğimi düşündüm sonra.

***

Köyde kime ne iş yaptığımı anlattıysam, duyduğum cevap değişmedi. "Tımarhanede çalışıyon demek ha" dediklerinde de sıkça bunun nedenini düşünmüştüm. Türkçeyle hiçbir zaman başa çıkabilmiş değildim, buraya neden tımarhane dediklerinin peşine düştüm ve bir süre alâka kurmakta zorlandım. Eskiden hayvanları temizlemek ve toprak için kullanılan bir kelimeymiş 'tımar'. Olsa olsa, insanın akılsız hırlamalarla, sağa sola ağız köpürtüp toslamalarla hayvana dönüştüğünü anlatıyordur, diye düşündüm. Bir nevi 'Hayvani Ruhları Terbiye Evi'ndeydik. Yeni binada ortaçağdan kalma tekniklerle, insanın beyninin içinde tam olarak neden kaynaklandığını bilmediğimiz sinirlerinin zayıflığını ölçüyorduk. Çiftliğe başkaldıran tımarsız hayvanlar, bunlar sistem karşıtı anarşistlerin ta kendisi. Öyleyse en büyük deliler anarşist olmalıydı.

Sözcükler, çocukluğumdan beri en büyük düşmanımdı. Yaşadığım evlerde konuşulan dil değişiyor, ben de kendimi ifade etmeye çalıştıkça yanlış anlaşılıyordum. Sözcüklerin oyuncağı olmuştum. Ne zaman hatalı bir sözcük söylesem, suratıma tükürerek gülen bir insan kümesi, köyden okula, sokaktan eve her yerimi kurtçuk gibi oyuyordu. Yine de onlardan, yani sözcüklerden kendimce yeni alt anlamlar çıkartmaktan bıkmadım. Mesela 'Narrenhaus' deyince öyle delirmiş,

53

akılsızların evi demek aklıma gelmezdi. 'Narr'ı kimi şeytan diye tanımlasa da aslında 'saf dilli' demekti. Yani bence buraya 'Saf Dillilerin Evi' denmeliydi. Aklını dahi yitirse, bu dünyanın ortak gerçeklerine hakim olan zihinleri, karşılarında kim varsa çekinmeden bir çocuk saflığında apaçık gerçekliği yüzlerine çarpıyorlar da ondan. Her gün en mutlu maskesini takmaktan yorulanlar, küçük yalanlarından kaçarken daha büyüğüne sığınıp kaçınılmaz olarak deliriyorlardı işte.

Buraya ilk geldiğim günü düşününce, şimdiye kadar delilik hakkında yaptığım (özellikle genetik faktörün öne sürüldüğü) araştırmaların neden safsata olduğunu daha iyi anlıyordum. Burada, saf dilliliğe, bir nevi saf çocukluğuna dönen Tante Mari'nin gerçekliğini nerede yitirdiğini düşünmeye başladım, pencereden dışarı bakarken. Sanıldığı gibi yaşının zorladığı bir durum olmaktan çok, kabul etmekte güçlük çektiği bir hayalden vazgeçememesi, bu kırılmaya sebep oldu kanaatindeydim.

Bulutların yeryüzüne düşen gölgeleri, binaların çatıları boyunca uzanıyor, gök şiddetle gürlüyordu. Pencerenin soğuk mermerine yaslanmış, ilk damlanın düşmesini bekliyordum. Bir taraftan da Mari'nin derinlerden çıkarttığı anılarını çözüyordum. Gri, iri dalgalı saçları diğer yaşlılar gibi cılız, tel tel değildi. Saçlarının bir zamanlar sarı olduğunu düşledim. Ananem esmerdi. Gençken alımlı, özgüvenli bir kadın olmalıydı, çocuksu gelgitlerinde dahi sol kaşının inip kalkması, kararlı ve güçlü kişiliğinin yitik izlerini taşıyordu. Ananem, ilkini on dördünde doğurduğu, beşini doğar doğmaz toprağa verdiği dokuz çocuğundan, sırtına bağlayıp ovada çalıştığı en büyük ikincisi tırlatana kadar kendini güçlü bilirdi. Mari'nin bahsettiği annesinin, onda nasıl bir imge taşıdığını kestirebilmemiz için annesiyle yaşadığı daha özgün bir anını bizimle paylaşmasını bekliyorduk. Bu esnada ona annesini daha sık hatırlatacak tonda emir kipiyle konuştuğumuz da oluyordu. İşte böyle anlarda beklediğimizin aksine ağlama krizleri artıyor ve iyileşecek derken başa dönüp yeniden kayboluyorduk.

***

Mari'nin annesini bilemem ama benimki baya çatlakmış, yoksa ne diye kendini öldürsün. "Kırılgan, sessiz, hep içe kapanıktı" diyordu Şeri. Sonra da birbirinden tezat, saçma hikâyeler anlatıyordu onunla ilgili. Evin girişindeki hayatta (köyde ahıra hayat denirdi), eşeğin eyerine oturur, sabahtan akşama kadar duvardaki bir karış delikten süzülen ışığa bakıp kendi kendine konuşur, gülermiş. Soranlara da "Orada film oynuyor, siz göremezsiniz" dermiş. Bir gün köydeki çocuklar, hayatta samanların arkasına saklanıp annemi korkutmak için onun gelmesini beklemişler. Annem çatlak da olsa aptal değilmiş, fısıltıları duyunca bunların çevirdiği oyunu fark etmiş. Bir koşu arı peteğini kaptığı gibi çocukların başlarından aşağı döküvermiş. Arıların soktuğu bastıbacakların feryatlarından köy ayağa kalkmış. İçlerinden biri fenalaşınca at sırtında ilçenin sağlık ocağına zor yetiştirilmiş, yine de kurtulamamış. Ertesi gün arı sokmasından ölen çocuğun akrabaları toplanıp ananemin gözü önünde alıkoydukları dokuz yaşındaki anamın önce saçlarını yolmuş, sonra da derenin dibindeki bok çukuruna atmışlar onu. Bu ikinci kaçırmada, anamın bebekliğindeki ef-

55

sanesi çürüdüğü gibi efsunlandığı safsatası da uçmuş, deliliği bâki kalmış.

***

Yaslandığım pencereden yağmur içeri sızmış, sol omzum olduğu gibi ıslanıp soğuktan kaskatı kesilmişti. Bu kadar süre nasıl fark etmediğime şaşırdım. Kafamda Mari'nin çocukluğu, annemin çocukluğu, Mari'nin annesi ve ananem geziniyordu. Bulanık parçalardı çoğu. Neden annem değil de Şeri'nin hayatta olduğunu bir türlü anlayamayacağım, bunca saçma sapan şeyin, çocukluğundan beri, ablası değil de neden annemin başına geldiğini anlayamayacağım gibi. Kendi kendine afacan bir kız çocuğu edasıyla durmadan bir şeyler mırıldanan Mari, sonunda boş bakışlarımı fark etmiş olacak, yerinden kalkıp oturaklı yürütecine tutundu. O sırada yatağında oynayıp durduğu turuncu saçlı bebek Alice yere düştü. Bebeğin tiksindiren gülümsemesine takıldım, sonra içimden bir ses onu pencereden aşağı atmamı söyledi. Öyle de yaptım. Mari, avazı çıktığı kadar bağırıp gürültüyle yere düştü. Çok geçmeden odanın kapısı açıldı, derin bir sessizlik çöktü. "Neler oluyor burada Frau Canik?" diye sordu kliniğin şefi. Kapı ağzında yerde yatan hastayı görünce, gözlerini benden ayırmadan, hesap sorarak baktı. Bir cevap beklediği kesindi. Ona turuncu saçlı bebeğin gülümsemesine dayanamadığımı söyleyemezdim.

56

5.

Kendime geldiğimde elimde turuncu bir yara bandı, bileğimde şişko hemşirenin elleri duruyordu. Bacağımdansa bir türlü pıhtılaşmayan bir kan sızıyordu. Hemşireyle göz göze gelince "Tamam uslu durucam, bileğimi bırak" dedim. Birkaç saniye durdu, bana güvenmeli mi diye şöyle bir tarttıktan sonra bıraktı. Gömleğimi çözmesinin hata olduğunu söylenip durdu. Kollarımı gömleğin içine yeniden bağlamaya çalışırken, pamuğu yüzüne fırlattım. O sırada bir adam sesi duyuldu, ses hem güçlü hem de nereden geldiği belirsizdi. Eski şefim kadar güçlü, eski sevgilim kadar ne idüğü belirsiz bir ses.

Aklım olayın olduğu o a'na geri gitti. Kliniğin şefi beni kantine götürüyordu. Tüm çalışan ve hasta yakınlarının içinde, neyse ki kısık bir tonda, yine de masada oturmaya tenezzül etmeden lâfa girdi. Hastalar yanımızda kaza geçirirse, bizim ihmalimiz sayılacağını, böyle kazaların önüne geçmek için önlem almamız gerektiğinden bahsetti. Yorgunsam tatile çıkmamın iyi geleceğini öğütledi, ki bunu çalışanları aynı anda kaybetmemek için kolay kolay kimseye önermezlerdi. Önlük cebindeki telefon çalınca da apar topar gitti. Kantinin ortasında kalakaldım. Gözlerimi yerdeki parkenin gri çiziklerinden alamadım. Gelişi güzel çizikler, ağız şeklinde kıvrılıp bana *Onu sakatladın* diyorlardı. Anlamazdan geldim. Büyük bir dikkatle tırnaklarıma baktım bu kez. Mari'yi benim düşürmüş olabileceğimden şüphelenmemeleri garipti, hislerim karmakarışık, içimde bir karıncalanma... Tam olarak ne denir, belki özgürlük gibi bir şey, kendime gücüm yoktu ama, başkalarının hayatını değiştirmek bu kadar kolaydı işte. Üstelik böyle akılsızca yaşamanın esasen onlar için pek bir anlamı olmayacağından, bu iyiliği onlar adına üstlenip yüklerini -bir nevi suni acılarını- hafifletebileceğim için tuhaf bir sevinç doluydum. Salondaki tüm masalar bana bakıyordu. Gözümü diktiğim yerde kim varsa, anında bakışlarını kaçırıp orada yokmuşum gibi sohbete koyuluyor yahut kahvaltısına gömülüyordu. Birkaç saniyelik iç gıdıklanması şimdi yerini çıplaklık utancına bırakmıştı. Zonklayan başımı doğrultamıyordum. Saklanacak bir yer bulmalıydım. Sekreteryaya inip izine ayrılacağımı söyledim.

Birkaç gün sonra kliniğe döndüğümde Tante Mari odasında yoktu. Tamam, dedim, bu benim sonum, kadını sakat bıraktım, belki de hâlâ komada, daha başka ne olabilirdi ki? Bunun benden kaynaklandığına emin olup tuhaf bir korkuya kapıldım. Birkaç saniye süren korkunun yerini hafifletici bir ferahlık aldı. Bu korkunun, olayın gerçekleştiği anda değil de neden bir süre sonra geldiğini anlayamadım. Ne olur ne olmaz diye önce kırmızı klasördeki "ex hasta" raporlarına baktım. Orada adı yoktu. Taburcu kayıtlarının olduğu yeşil kapaklı dosyayı açtım bu kez, bir şey bulamadım. Koridorda gördüğüm hasta bakıcılardan birine kahve ikram edip ağzını yokladım. Bingo! İki gün önce eyaletteki bir bakımevine sevk edildiğini öğrendim. Bakımevinin adını bir kâğıda not edip önlük cebime koydum. Bununla ne yapacağımı bilmiyordum, sadece almıştım işte. Ananem yaşasaydı ondan daha genç olacaktı. Bunamadan ölmek büyük şanstı.

***

Sabah viziti için ikinci kata çıktım. 202 numaralı odada Rashid kalıyordu. Benden başka bir kadınla temas kuramayan, savaş mağduru, ruhu yaralı bir mülteciydi. Altı yıl önce Kâbil'den İran'a küçükbaş hayvanların arasında, bir konteynırın içinde saklanarak gelmiş. Sınırı kaçakçıların mallarıyla yüklü katırların sırtında geçmiş, sonra otostopla Ege'ye varmış, oradan da alabora olmuş bir filikada açmış gözlerini. Sonrası kâğıt kürek işleri… Hâlâ Afganistan'dan gelecek belgeler bekleniyordu ki hakkındaki iddialar incelendiğinde akıbetinin ne olacağı da belirsizdi. Bu yüzden artık Rashid'in resmî bir ülkesi yoktu. Ne doğduğu yere geri dönebiliyor ne de vardığı yerde isteniyordu. Onun "terminali"[2] Berlin'in bulaşıkhaneleri olmuştu. Tüm sığınmacılar gibi arada sıkışmış tam olarak neyi beklediğini bilmeden bekliyordu. Bir gün umut ettiği sığınmacı kimliğini alınca, bir daha asla ülkesine geri dönemeyeceği

---

2 Terminal, başrolünde Tom Hanks'in oynadığı politik komedi-drama türünde 2004 yapımı bir film. 1988'den 2006'ya kadar tam 18 yıl Paris-Charles de Gaulle Havalimanı'nda yaşayan Mehran Karimi Nasseri'den esinlenilerek çekilmiştir.

kesinleşecek yahut geldiği yere geri teslim edilip devlet eliyle sessizce ortadan kaldırılacaktı.

İhanetin bir bedeli olduğunu düşünüyordum, öyle ya da böyle, yönetim ne kadar zalim olursa olsun ülkesinden kaçmak bana göre ülkesine ihanet etmek demekti. Henüz buradan reddedilmiş değildi. İnfazını bekleyen bir idam mahkumundan farksız olmalıydı hissettikleri; temyizle son dakikada gelen yaşama hürriyeti mi, vatana ihanetten iade mi! Kaçtıkları bombalara bile bile geri dönmek. Gönderilmek, hafif kalır. Birinin dışkıladığını sindiremeyenler, onu fışkırtarak kusarlar. Yaşayabileceği hiçbir yer yoktu. Tüm bunlar savaşlar olmasa işlemeyecek bir para düzeninin parçasıydı. Satın al ve göster. Sat ve öldür. Durumu bu kadar dramatikleştirerek anlatan iş arkadaşlarımla elbette gerçek düşüncelerimi paylaşmadım. Kimsenin düşündüklerimi yahut hissettiklerimi anlamasını beklemiyordum. Savaştan kaçanlar gerçek akılsızlardır. Hayatlarının sonuna kadar kimliksiz köleler olarak dışlanma laneti taşırlar. Bir hiç uğruna yok olmaya devam etmekten daha iyisi, savaşarak ölmektir, diye içimden söyleniyordum Rashid'e bakarken.

Ani gürültüden, yüksek sesten nefret ettiğini biliyordum. Odaya girdiğimde olabildiğince çabuk doğruldu, yakamdaki karta bakıp kim olduğumu anladıktan sonra derin bir nefes aldı. "İyi günler" dedim, başını elini alnına götürmeden asker selamıyla hızla salladı. Sağ kolundan iki tüp kan aldıktan sonra, duvar dibindeki sandalyeyi yatağının yanına yanaştırdım. Suratı öyle asıktı ki, ne sorarsam sorayım terslenceğimi biliyordum. Kalkarken gözüm sol bileğindeki yatağa bağlı kelepçeye takıldı. Çişi gelmiş midir, diye düşündüm, hemen boş verdim, bunca hassasiyete gerek yoktu. Daha önce çişinin gelip gelmediğini sorduğumda beni sallamamıştı, şimdi sorsam da bir şey değişeceği yoktu. Rashid susarak terslerdi. Biraz anlar ama konuşmazdı dilimizi. Bakışları deliciydi, çok kan akıtmış gibi bakardı etrafına. Karşısına geçip sandalyeye oturdum, Rashid'in hikâyesindeki boşlukları düşünmeye başladım.

Kâbil'e durmadan bombalar yağdığı bir gece, evinin yıkıntılarından şans eseri bir tek Rashid sağ çıkmış, anası babası çoktan molozlar altında kalmış, onu bulanlar da tutup dağ başına kaçırmışlar. Amerikan mermilerinden kaçarken, Rus namlularına takılmış. Kendini millî mücahitlerin elinde bulmuş, ölüm korkusuyla cepheden cepheye vuruşmuş. Çocukluğundan beri kaçmaya alışık nasılsa, Rashid'in kaçış macerası buralara kadar sürmüş. Ne var ki, burada da komşularından ve polis kayıtlarından bildiğimiz kadarıyla, toplum dışına itilmekten kurtulamamış. Elbette hangi güçlükle karşılaşırsa karşılaşsın, yapıp ettiklerinden muaf olamaz hiç kimse, diye düşündüm, Rashid'in karşısında oturmuş notlarımı yazarken. Çünkü kargaşadan beslenen bu yetim Afgan çocuğunun, korkunç bir katliamın baş faili olduğu gerçeğini hiçbir şey değiştiremezdi.

***

Benim ilk kaçışım babaanne evinden olmuş, yani aslında bir de öncesinde doğduğum evden kaçırılışım varmış. Annemin cenazesinin kalkacağı gün, köy ikiye bölünmüş. İmam camiye getirilen naaşın cenaze namazını tam kıldıracakken, bir grup kara cübbeli avluyu basmış ve bunun dinen haram olduğunu, kendini asan, imansız bir kadının camide işi olmadığını söyleyip imamı durdurmuşlar. Şeri, bunca olanlar karşısında fenalaşan ananemin başında hastanedeyken, ben de uzaktan akraba dayıların, yengelerin kol gezdiği cenaze evinde kaybolmuşum. Açılan hamurlar ve dağıtılan lokmalar arasında kimse ağlayan bir bebeği umursamaz elbette, diye düşünür, yer sofrasının kurulduğu sahanlıkta, kir pasak içinde emeklediğimi hayal ederdim.

O arada taziyeye gelenlerin kucaklarında avutulurken, halam beni tutup baba evine götürmüş. Ortadan kaybolduğumu günler sonra fark etmişler. Sonunda kör ebemin insafına kalmış, bakımsızlıktan zatürre olmuşum. Annemin hemen ardından, iki hafta sonra da ananem ölünce, teyzem duruma ayılıp benim peşime düşmüş. Babaannemin evine vardığında sac ocağının közleri altında, kış günü götüm başım açıkta, sümüklerim ağzımda ağlarken bulmuş beni ve kaptığı gibi hastaneden önce polise, pasaport işlemlerini halletmeye gitmiş. Şeri'nin dediğine göre, sonradan beni baba evinden soran kimse olmamış. Ne zaman çetin tartışsak, seni dokuz ay karnımda taşıdım, diyemeyeceğinden, "Seni yamyamların elinden kurtardım" diye bağrınırdı Şeri. "Ne demek yamyam?" diye sorduğumda, babaannem ve iki çatlak halamın beni yiyip bitireceklerini anlatırdı. Büyük bir sevap işleyip beni yamyamların elinden kurtarmıştı ona göre. Zavallı anne yarısı, yani teyzem olacak kadın Şeri, tam çocukları büyüttüm, feraha erdim diye düşünürken, kucağında el kadar bebeyle gurbet ellerde kala-kalmıştı. Buraya kadar pek bir şey hatırladığım söylenemez, Şeri'nin günah çıkardığı kısım dışında.

Dört yaşlarımda Sophienstraße'deki evimizde bir gün, komşulara "Bunu bir türlü hizaya getiremedim, huyunu anasından almış olmasa bari, uyurgezer ayağına hepimizi doğrasa kimsenin ruhu duymaz…" veryansınını duyduğumda, Şeri'nin benim annem olmadığını kavramıştım. Ona ders vermek için olsa gerek, ana okulunda ağlama nöbeti geçirdiğim bir an, bana sarılmak için eğilen öğretmenin yüzüne tahta bir lego fırlatmışım. Kadının burnundan kanlar fışkırdığını hayal meyal hatırlıyorum. Sonra sokaktaki arabaların cilalarını sivri taşlarla çizdiğimi, beni aralarına almayan parktaki çocukların gözlerine kuru dallar batırdığımı da. Bilinçsiz çocuk aklımın ürünü olan bu şiddet, belki biraz olsun Şeri'nin beni kendi çocuğu gibi sevmesi içindi. Oysa şiddet arttıkça, sevgi azaldı.

***

Bu yüzden Rashid'in güpegündüz işlediği cinayettense, büyük kaçışında nelere maruz kaldığı daha çok ilgimi çekmişti. Rashid, açık pencereden bahçedeki hasta yakınlarının bağırışlarını duydu ve yüzü kıpkırmızı kesildi, soluğu hızlanmaya başladı. Pencereyi kapatıp ona döndüm. Su isteyip istemediğini sordum. Başını hiddetle iki yana salladıktan sonra, gözümün içine kaçamak bakışlar attı. Az önce geçmişindeki boşluklara daldığımda göçüğünden çıkarılmayı bekleyen bir çocukla karşılaşmıştım. Yarılmış betonun arasından gözünü dikmiş kurtarıcısını bekliyordu. Yine de gün ışığını görünce yaşamaktan vazgeçiyordu. Bir daha kimsenin yüzüne o kadar uzun bakamayacaktı. Kazara göz göze geldiklerinden nereye gideceğini bilmeden kaçan, terkedilmiş bir çocuktu.

Elimdeki notlara göz gezdirmeye devam ettim. Daha on yedi yaşında buraya ilk geldiğinde, Almanca kursuna yurtta beraber kaldığı aynı kökenden arkadaşlarıyla gelir gidermiş. Burası esas meselenin başladığı yer oluyordu. Öğrenmekle pek ilgisi olmayan grubu dağıtıp Rashid'i de hemşerilerinden ayrı bir sınıfa aktarmışlar. Orada ilk şiddete varan münakaşası bir Hintliyle olmuş. Görgü tanıklarının söylediğine göre, Hintlinin yaydığı bir dedikodunun Rashid'in kulağına gitmesiyle ortalığın ayağa kalkması bir olmuş. Dedikoduysa sabıka kaydında yazılanlara göre şöyleymiş; Rashid'in göğsüne uzanan sakalları Müslümanlığından değil, Hindulara özenmesinden ileri geliyormuş. Müslümanlığı sakalıyla sahiplenen Rashid, dinini savunmakla eş değer gördüğü bu hakarete fazla dayanamamış ve Hintliye öfkesini yumruklarıyla göstermiş. Böylelikle Rashid, daha Almanca öğrenmeden Berlin'deki cezaevinin yolunu tutmuş.

***

Çocukken oturduğumuz evin arkasında kara, dev bir bina bulunurdu. Binanın bize yakın tarafında alabildiğine mısır tarlaları uzanırdı. Tarlanın gözle görülen bittiği yerindeyse, binanın gölgesi, bitkilerin bir kısmını ışıktan mahrum bırakır, bodurlaştırırdı. Bu kara bina, en azılı siyasi suçluların kaldığı bir kapalı cezaeviydi. Tabii bunu Şeri'den değil, bizden büyük çocukların konuşmalarından öğrenmiştim. Şeri yalnızca "Oraya ne olursa olsun yaklaşmak yok!" derdi. "Neden?" diye sorunca "Yok dedim işte, yasak! O kadar!" derdi. Mahalledeki tüm çocuklar gibi ben de ancak o tarlanın ortasına kadar bisikletle gidip gelebilirdim. Daha ötesine ne gitmemize izin vardı ne de cesaretimiz buna elverirdi. Ne zaman cezaevinden çıkan o lacivert minibüsün yoldan geçtiğini görsek sağa sola kaçışır, saklanırdık. Minibüsün arka koltuğu tel örgülerle çevrili olduğundan, iri kıyım adamları ancak bir kafesin içinde götürerek zapt edebildiklerini düşünürdüm.

Hayatımda ilk kez o zaman görmüştüm bir suçluyu. Lacivert minibüs mahallenin benzinliğinde durmuş deposunun dolmasını beklerken, arkadaki altı kişilik kafeste tek başına oturuyordu. Elleri önden bağlıydı, bense ilk kez korkmak yerine, merakıma karşı koymamayı seçmiştim. Üstelik öyle korkunç birine benzemiyordu. Onun gülüşünü sevecen bulmuş, gözlerimi ondan ayıramamıştım. Suçlu adamla bakışmamızın altında sorular vardı, sessiz sorulardı bunlar. Hapishaneye atılmasının geçerli bir sebebi olup olamayacağını, çocuk aklımla anlamaya çalışıyordum. Sonuçta bu kadar güzel gülen biri, en fazla ne yapmış olabilirdi ki, deyip adamı hiç olmayacak biçimlerde Peter Pan kılığına sokuyordum. Bu sırada onu biraz daha yakından görebilmek için bisikleti adım adım minibüsün hizasına sürüyordum. Kaldırım yüksekliğinin bittiğini fark edince, ucunda durdum. Kolumu uzatsam bana dokunabilecekti. Gerçekten onun da bana baktığından emindim şimdi. Adam ona doğru yakınlaşmamdan memnun, birden gözlerini kıstı. Ağzının bir köşesini yukarı büzerek hafif gülümsedi, diliyle dudaklarını yalamaya başladı. Sonra bakışlarını şortumun aşağısında, bol yara kabuklu dizlerimde gezdirdi. Aşağı baktıkça gözleri büyümeye başladı. Yeniden göz göze gelmeden, dehşet bir mide bulantısıyla arkama bakmadan bisikleti hızla sürmeye çalıştım. İki pedalda bir düşüp kalkıyordum. Sonunda eve kadar hiç ara vermeden sürdüm. Bu tür bir bulantıyı daha sonra yeniden duyacağımı bilmeden, gördüğüm görmediğim her suçluyu kötüleyerek; yolda, markette denk geldiğim kim varsa, o adamın büyüyen gözlerine benzeterek geçirdim o yazı.

***

Rashid'le konuşmadan anlaşabilmem belirli bir yetenek işiydi. Ona iki önermeli soru soruyor ve katılıp katılmadığını yahut anlayıp anlamadığını çıkarmaya çalışıyordum. Kelepçe takılı olmayan elini sakalına götürmüş, gözlerini yere dikmiş, ileri geri sallanıyordu. Ona bakarken, Müslümanlığından gurur duyuyor olmalı, diye düşündüm. Müslüman olmanın gurura yol açtığını kendimden değil ama Şeri'den biliyordum. Şeri, "La ilahe illallah Muhammeden Resulullah," diyen herkesin ekseriyetle cennete gideceğine inanır, "gavuristan" kıtasında birlikte yaşadığımız kişilere acıyarak bakardı. Ötekilerin güzellikleri ve servetleri bu dünyayla meşguliyetlerini artırmak için verilmiş bir ceza, bizim sefilliğimizse hesap gününe dek sabretmemiz için sunulan bir mükâfattı. Bu kısmı, Şeri'nin yeterince çok çalışmamak, hatta bu uğurda çok kazanmayıp bilerek züğürt kalmak için uydurduğu bir saçmalık sanırdım hep. Tüm bunların toplamında, Rashid'in diniyle Şeri'nin dininin ortak bir yönü olabilir miydi? Yıllar önce birkaç kez

Tanrıyla konuşmayı denediğimde, o da bana olumlu işaretler göndermişti. Sonra o bulantılar çoğaldıkça bir daha beni duymadı. Ne zaman onunla konuştuysam hiç faydası olmadı. Ben de ona seslenmeyi bıraktım.

Şeri çok çabalamış, iyi bir Müslüman olmam için elinden geleni yapmıştı. Bu yarı zamanlı dindar öteki hayatımız, genellikle yılda iki kez kurban ve şeker bayramlarında cereyan ederdi. Onun dışında cuma tebriklerine katılmamız Şeri'nin ruh hâline bağlıydı. Cumaları gelen telefon mesajları ve kapı zili sesleri, namazı boşlamasıyla azalıyor, bir derdi olduğunda yeniden alevleniyordu. Dindarlığın da ateşli bir hastalık gibi tutulma nöbetleri oluyordu.

Hıristiyanların arasında ya da Şeri'nin dediği gibi gavur memleketinde Müslüman taklidi yaparak yaşamayı hep ondan öğrendim. Kötü örnek almayayım diye, çocukken beni Alman arkadaşlarımdan uzaklaştırdığı için çoğunlukla ona kızardım. Bir keresinde lisede beni zorla camideki kadınların sohbetine götürdüğü yetmezmiş gibi, cemaatten bir gençle emrivaki tanıştırmaya kalkınca, iki gün ağzıma lokma koymadığımı hatırlıyorum. Sonunda Şeri, boşa kürek çektiğini anlayıp benimle uzun bir konuşma yapmıştı "Sen bana kardeş yadigârısın, bu dünyada birbirimizden başka kimsemiz yok, seni bir şeylere yönlendiriyorsam bu senin iyiliğin için. Seni kötü insanlardan korumak benim görevim. Sen küçüksün bilmezsin, bizim tecrübelerimiz boşuna değil. Bu dünya acımasız" gibi kesinkes hükümlerini duyurduğu zaman, pek söyleyecek söz kalmazdı. Ne dediyse o olurdu. O zamanlar Şeri'ye inanmasam da inanmış, hak vermiş gibi yapmak zorunda olduğumu bilirdim. Yine de aklımın bir köşesinde hep bir soru takılı kalırdı; iyi de kimdi bu kötü insanlar? Katiller, dolandırıcılar, sapıklar, azgın, zapt edilemeyen suçlular olmalıydı bunlar, neyden bahsedecekti başka! Peki ya bu kişi, katil olmadan önce ya iyi biriyse? Bu soruların cevabını Rashid'le karşılaşınca tekrar gözden geçirdim. Çünkü daha önce onun kadar kibar ve çekingen bir katille karşılaşmamıştım.

***

Dakikalarca yazdığım sayfanın sonunda bir an dalıp kalemi elimden düşürdüm. O sırada Rashid'in çığlığıyla sarsıldım. Durmadan bağırıyor, köpek ulumasına benzer tuhaf sesler çıkarıyor, bir taraftan da serbest olan tek eliyle başını siper ediyordu. "Achtung! Dikkat, dikkat!.." diye bağırıyor, arada kendi dilinde sözcüklerle inleyerek ağlıyordu. Bu hâliyle mayınlara basmadan atlamaya çalışan yaralı bir köpek yavrusunu andırıyordu. Yalnızca yere düşen bir kalemin gürültüsüyle, gözümün önünde halüsinasyonlarla kendinden geçmişti Rashid. Hemen yatağın yanındaki kırmızı düğmeye bastım. Hasta bakıcıların yardımıyla sakinleştirici bir iğne yaptım ona.

Rashid'in sürgünü kafasındaki bu seslerdi. Kaldığı on metrekarelik apartman dairesinde, koridorda biri dış kapıyı fazla çarptığında yahut gök gürültülü fırtınalı bir gecede, o da gökle bir gürlemeye başlarmış. Bazı geceler -komşularının anlattığına göre- dinî ayinleri andıran, ritmik nefes alışverişleri yükselirmiş dairesinden. Etrafındakileri yakından tanımak yahut komşularını düşmanlarından ayıklamak için yaptığı keşif turlarını belirli aralıklarla tekrar edermiş. Bu yoklamalarda sarı soğan, ekmek bıçağı, çakmak gibi akla hayale gelmeyecek şeyleri istemek için komşularının kapılarını çalıp onlarla tek kelime konuşmadan diyalog kurmaya çabaladığını bilmek yeterince ürkütücüydü. Ne de olsa insan sadece yalnızlıktan delirmez. Gelgelelim bunların yanında bastırdığı en büyük duygusu, hiç kuşkusu yok cinselliği. Cinsellik derken öyle sadist fantezilerden bahsetmiyorum, ister toplumsal baskılar ister bireysel utangaçlıklar olsun, her ne sebeple olursa olsun, bu onun en büyük tabusu olmuş.

Rashid'in hiçbir kızın elini dahi tutmadığından olsa gerek ergen komşu çocukların günlük alaylarına maruz kalacak birçok abuk sabuk utangaçlığı olmuştu. Onun sözde bakirliğiyle yeterince eğlenmişlerdi. Tabii henüz bir çocukken komutanlarının tacizlerinden kaçabilecek kuvvette olmayan Rashid'in, defalarca kez tecavüze uğradığını bilemezlerdi. Tüm bu nedenlerden Rashid'in esas kapalı kutu olduğu konu kadınlarla münasebetiydi. Avrupa'ya geldiğinden beri kadınlarla yüz yüze konuşmaya bir türlü alışamayan, onlardan köşe bucak kaçan Rashid'in klinikte ilk kez benimle terapiye olumlu cevap vermesinden dolayı şaşkındım. Böylelerinin acılarına sığınıp kimseden merhamet beklemeye hakları yok, diye düşündüğümden ona karşı öfke doluydum. Kendinden zayıf, -ki bu ekseriyetle kadın olurdu- kimi görse katli vacip dürtüsüyle dolaşan bir canavara acıyacak değildim. Kelepçesini çözse, beni oracıkta boğacak bir caniyi ondan evvel ve dikkat çekmeden alaşağı edecek birkaç senaryo geçti aklımdan. Sahneler hızla akarken vakit daralıyordu.

Rashid sakinleşip uyuyunca, gözüm sakallarına takıldı.

Orada öylece oturdum kaldım. Sakalları uzun ama cılızdı, kıvırcık tüyden yumakları kulaklarından yarım parmak kadar aşağı sarkıyordu. Sakalların arasında gözümü açtığımda ya dört ya beş yaşımdaydım. Daha küçük değildim, daha büyük de. Büyük tüylü şapkalar, kahverengi külotlu çoraplar, çok kollu şamdanlar, şarkılı ilahi söyleyen kalabalıklar, acı limonlu şekerler... Hatırladıklarım bunlardı. O gün yine tüyü yanık hindi kokuyordu. Mutfakta büyük bir telaş vardı. Şen şakrak kalabalık dağılınca, odama gönderildim. N'olur olmasın, n'olur bu gece olmasın diye karışık güçlere yakarıp durdum. Henüz Tanrılardan bir şey dileyecek yaşta değildim. Zaten kimse sesimi duymazdı. İçimden dilediğimde sesimi kimsenin duyamayacağını öğrendim.

Karabasanım yatağıma geldiğinde, kulağıma aynı şeyleri fısıldadı. Bu gizli bir görevdi, kimsenin duymaması gereken, evreni kurtardığımız büyülü bir andı. Bunu ilk söylediğinde, doktorculuk oynamıştık. Yüzüstü beni sedyeye yatırıp sırtımın ortasından kuyruk sokumuma kadar, bıçakla tenimde derin bir yarık açmıştı. Sonra içime yerleştirdiği çipi gömmek için tamir setimden bir çekiçle kesiğe vurdu. Beş yaşında her çocuğun yapacağı gibi korkudan altıma işedim. Yatağı kirletmemin cezası, onu mutlu etmekti. Kabasakal, her kelimemi o çiple dinleyeceğini söyledi bana. Onu anlatırsam, cezam katlanacak, başka alacaklılar da gelecekti. O işini bitirdiğinde pantolonunun cebinden hep acı limonlu bir şeker bulup yatağa bırakır, balkona çıkardı. Balkon camının açık perdesinden bana doğru bakar, sigara içerdi. Ben dizlerimi karnıma çeker, kafamı lavanta tütsülenmiş yastığa gömer, içine düştüğüm tabuttan, bu kirli, kanlı, çürük bedenden kurtulmak isterdim. Ağzım, sırtım, karnım acı içinde ağlarken, o benim ağlamamdan daha çok keyif alır, sakallarını hazzını beslercesine avuçlayarak, tekrar yanıma gelirdi. Sesim duyulursa, ölecektim. Karanlıktan kara sakallar, tekrar tekrar yüzüme, karnıma dolandı. Bulantı, ağrı... Ağlamak yasaktı, bağırmak kâbus. Sesim duyulursa, ölecektim. Sustum, yine öldüm.

Böyle gecelerin ardından Şeri'yi anardım, nerede olduğunu, neden gittiğini bilemezdim. Bir açıklama olduysa da kavrayabilecek yaşta değildim. Hafızamdan nefret ediyorum, her şeyi saklıyor, hakikatleri hatırlayabildiğim kadar biliyorum, diye kendi kendimi yer dururdum. Hatta Şeri diye birinin yaşayıp yaşamadığından bile emin değildim. Hatırlamadığım bir rüya yahut dinleyip unuttuğum bir masal kahramanı gibi silik bir geçmişteydi. Şeri'ye kızgınlığım, onu bilinçsizce unutmama sebep oluyordu. Annem olsaydı, beni bırakıp gitmezdi, diye de düşünürdüm, annemin beni esas terk eden kişi olduğunu hiç aklıma getirmeden. Uzun süre kıpırdamadan oturduğumdan olacak bacağım uyuşunca, sandalyede doğruldum. Rashid hâlâ uykudaydı. Gözlerimi ondan alamıyordum, içine dalıp güçlükle ayıldığım Rashid'in sakalları seyrekti, o cılız tüy yumaklarını asılıp yolmak istediysem de yapamadım.

***

Karşısına oturmuş horul horul kendinden geçişine bakıyordum, elimde geçmişi duruyordu. Geçmişinin geçmişini de ben kafamdan tamamlıyordum. İnsan deli olmadan katil olmaz elbette. Peki, deliliği cinayetten ne kadar sonra kaybolur, bunu saptayan bir deli ölçer cihazı var mı, varsa nasıl çalışır, peki cihazın bağlantıları kimin elinde? Bu gibi soruların cevabını merak ederdim. Beyin elektronlarıyla, davranışların yahut iç görülerin dış görünüşle ne derece örtüştüğünü de ayrıca hesaplamaları gerek, diye düşünürdüm. Dışarıdan bakıldığında her yerinden uyumsuzluk akan, kaba sakallı bir caniyi komşularına bıraksalar, daha suçunu bilmeden ilk görüşte tiksintiden, gözleriyle linç ederlerdi kesin. Onlara da az çektirmemişti çünkü. Berlin'de inşaatta çalışırken, kaldığı apartmanın sakinlerinin büyük çoğunluğu üniversite öğrencilerinden oluşuyormuş. Konutların bir kısmı bir çeşit dernek yurdu olan ucuzcu, üçüncü dünya ülkesi göçmenlerinin, çokça batı özentili tiplerin yaşadığı mahallelerden biridir diye hayal ettim. Binada muhtemelen dar jeanlı, minili, sarı, kızıl her gün ayrı bir playboy kapak kızını gören Rashid, sokak kapısında karşılaştığı kızları dairelerine dek takip etmiş. Akşamında da posta kutularına İngilizce bayat aşk mânileri atmış. Çok geçmeden sevgili bulmak beri dursun, şikâyetler üzerine bu kaldığı yerden de kovulmuş.

Öyle sanıyorum ki, buna benzer denemeleri (yoldan geçen bir kızın kulağına eğilip nasıl güzel olduğunu fısıldaması gibi) aşk ilânının tabii bir parçası sanan Rashid; doğunun maçoluğunun, burada sapıklığa dönüştüğünün hâlâ daha farkına varabilmiş değildi. Bu ürküten tavırlarına rağmen, bana karşı en ufak bir göz kayması olmamıştı, yani baş başa konuştuğumuzda, diğerleri gibi asla memelerime baktığını görmemiştim. Hoş gözlerime bile iki saniye bakamamıştı. Benden tarafa dönünce, başını hep daha aşağı eğiyordu. Belli ki göğüslerime bakmayı bir saniye bile aklından çıkaramadığı için yüzüm yokmuş gibi davranıyordu. Yüzsüzdüm ben, ona göre. Yüzüm başımda, başım da iki mememin üstünde duruyordu, onlar da koca bir popoya bağlanıyorlardı. Şişkin yerlerimden parça tesirli çivilerle güçlendirilmiş komple dinamittim ben. Bakılacak bir tarafım yoktu. Bakanı patlatırdım maazallah. Belki ayaklarım, tek mahrem olmayan yerim onlar sayılabilirdi. O da sıcak havalarda, es kaza sandaletin içinde, kışkırtıcı renkteki ojeli tırnaklarımla göze çarpabilirdi, bu bir felaketti işte. Çünkü o zaman baştan ayağa bir hayalet olurdum. Ojelerden ve açık terliklerden, bu yüzden nefret ediyor değildim. Başkalarına güzel görünmek zorunda olanların yalnızca kadınlar olmadığına inanıyordum. Tıpkı oramı buramı boyamanın palyaçoluk olduğuna inandığım gibi.

Kardeşlerinin eşleri savaşta ölünce, ortada kalmasınlar diye onlarla nikahlanmanın mübah olduğuna inanan, dört eşli, on beş çocuklu amcalarının içinde büyüyen Rashid'i anlamak zorunda değildim. Kimse benim nerede, nasıl büyüdüğümle ilgilenmiyorduysa, ben de herhangi bir katilin, yaralı geçmişine sığınmasını maruz görecek değildim. Rashid, kendinden geçmiş uyuyordu, sakallarına baktıkça midem bulandı. Onunla aslında birkaç ortak yanımız olduğunu düşünüyordum. Çocukluktan gelen annesizlik, esmer ve Müslüman olmak, başka ülkeye göç etmek zorunda kalmak, alaya alınmak, dışlanmak, yabancılaşmak. Bunları sıraladıkça ayrılıyorduk şimdi. Çünkü şehadete adanmış bir hayat, aslında bir bakıma macera tutkunu biri için eğlenceli dahi sayılabilirdi. Rashid, bana kıyasla hiç de acınacak hâlde değildi. Düpedüz bencilin, caninin biriydi işte. Rashid'in yaşadıklarından değil ama, kendi içimde olanlara bakmaktan korkuyordum. Onun gözlerinden dünyaya bakmaya korktuğum gibi. Savaş suçlarına tahammül edemeyen aklı, kendini sağlama almış, kenara çekilmiş, çatışmaya küçük bir mola vermiş. Giderken birkaç kişiyi de yanına almak istemiş. İnsan yapayalnızken, nasıl da çaresiz. Aklını yitirirken dahi, yola yalnız çıkma cesaretini gösteremiyor. Bir kanıt, bir bıçak. Orada olduğunu hatırlatacak birkaç emniyet noktası, düşerken alelacele tutunup sarıldığı can simidi, onu tutsaklığa, bir nevi yaşarken ölüme yüzdüren bir kurtarıcı....

****

Teyzem Şeri, kendimi bildiğim ilk zamanlar, daha yedi sekiz yaşlarımda, hiç kimseye, bilhassa erkek tarafına, güvenilmeyeceğini sıkı sıkıya tembih ederdi bana. "O enişten olacak herif yok mu, boyu devrilesice" derdi nafakayı her eksik yatırdığında. Yahut olur da televizyondaki yerli filmlerde kaypak bir karakter görse, başlardı ardından "Enişten olacak o kalpazan, hayatımızı çürüttü, bozuk para gibi harcadı hepimizi, on beş sene, ya tam on beş sene iki evi ayrı idare etmiş de bir gün ruhumuz duymamış, şeytanın aklına gelmez, kamyoncuyum diye çık, bir hafta gelme, sen git orospuların piçlerine babalık yap ha, Allah belaların bin türlüsünü versin, ona verdiğim emeklere yazıklar olsun, onun yüzünden kanser oldum ben be, seni de onun yüzünden aldılar elimden" der dururdu. Bu duruma iyice alışmadan önce söylediklerinden epey etkilenir, sınıfta, yolda, mahallede ne kadar erkek varsa hepsine düşman gözüyle bakar, hiçbirine yüz vermezdim. "Seni de aldılar elimden…" Şeri dört buçuk yaşımda, başka bir aileye gönderilme sebebimi çok sonra açıkladı bana ya da ben kendimi bilince anlattıklarını anlamaya başladım.

Kemoterapiyi ağır atlattığından, hastanede uzun süre yatmak zorunda olduğundan bahsetti. O sırada devlet bana el koymuş. Tıpkı bir eşya gibi. Herhangi bir öğleden önce, kanser hastası, kimi kimsesi olmayan, göçmen bir kadının evinden teslim alınıp başka bir aileye nakledilmek üzere bir depoda bekletilmişim. Yangından kurtarılır gibi kanserden kurtarılıp varsıl bir aileye bağışlanmışım. Naime gitmişim, Naomi gelmişim. "Davalar, mahkemeler sürerken, bir gün bir mucize oldu," dedi Şeri. Bir şubat akşamı, çocukluğuma karabasan gibi çöken, kaba sakallı üvey babam olacak adamın ölüm haberini getirmişler eve. Sağanak yağmur asfaltta buza dönüşünce, virajı alamamış, Audisi bir meşe ağacının gövdesine çarpıp durmuş. Oracıkta ölmüş. Ben sadece ağıtları hatırlarım, ölüleri değil. Bu sefer de dağılan o zengin ailenin enkazından kurtarılıp iyileşen Şeri'ye geri teslim edilmişim. O ağrılı gecelerden tek hatırladıklarım acı limonlu şeker ve lavanta tütsüsüydü. Başlarına açtığım bir dizi felaket sonrası, iki yıl geçmeden uğursuzluk getirdiğime inanmış olacaklardı ki, çöplüğüme geri fırlatıldım. Devlet, hepimizin adına hep en iyisini düşünmüş. Zaten kısır koca mağduru olan kadın da belki başıma gelenleri sezdiğinden, belki de beni başlı başına bir günah gördüğünden, hatta sonunda gerçek bir soy devam ettirme şansı olduğundan, beni yanında tutmak için pek ısrar etmemiş.

İkinci kavuşmamızda Şeri, "Bir daha asla şikâyet etmeyeceğim, şuncacık bebenin yükünden ne olur, dilimi eşek arıları soksun, tövbeler olsun, onu benden alanlar helak olsun, kurban olurum seni verene..." diye Allaha adaklar adadı. Bunu unutması çok sürmedi. Birkaç gün sonra tam olarak bilmediğimiz iş bozanlara küfürler etmeye başladı. Bir taraftan beni hırpalayarak öpüyor, diğer taraftan durmadan beddua ediyordu. Daha çok bana sarıldığı zamanlarda, onun Allah'ına inanabileceğimi düşünürdüm. Karabasanımın ölmesi, kaba sakalsız, kâbussuz bir dünya demekti. Evlatlık verildikten sonra, binde bir rastlanan bir kazayla teyzeme geri gönderilmem, benim mucizevi yeniden doğuşumdu belki. Ya da yok yere uzamıştı varlığım. Bunu bugün yirmi dokuz yaşımda ankalaştırarak, küllerimden yeniden doğdum efsanesi uyduracak değilim. Ne var ki, tüm bunların sonunda şimdi girdiğim yer mezardan farksız. Zorla giydirdikleri beyaz ahtapot kollu gömleğimin, kefenden farksız olduğunu görebiliyorum.

***

"Frau Canik, Frau Canik, beni duyuyor musunuz?" diyen güçlü sese dikkat kesiliyorum. Şimdi, tam şu anda hareket ettiremediğim kollarımdan beni tutmuş sarsan gencin yüzüne bağırıyorum. Genç, çığlığımdan korkup kapıya yönelince aklım biraz başıma geliyor. Kılığından doktor olduğu aşikâr.

"Durun, tamam, bağırmıcam. Birini çağırmayın" diyorum. "Neden benden bu kadar korktunuz?" diye soruyor yeni yetme doktor. Stetoskopunu düzeltiyor, ben olmalıydım belki onun yerine bu soruyu soracak olan. Ben bir şeyden korkmam, demek yerine, sorgulanmayı reddedip sırtımı dönüyorum ona. Gencin penceredeki yansıması Rashid'le konuşurkenki cama düşen görüntüme ne çok benziyor.

***

Sorguda ne çeşit bir zihinsel işkenceden geçtiyse, kendini hücre demirine çarşafla asmaya kalkmıştı Rashid. Vahşet, savaştan kaçmakla bitmiyordu, gölgeler varsanılarında[3] yüzmeye devam ediyordu. Altüst olacak bir dünyası bile olmayan zavallı bir katile bakınca kendime yabancılaşıyordum. Böyle birinin daha fazla yaşaması, kendi bedenine kıymasına göz yummak olacağı gibi, yakınında bulunan başka masum insanların da hayatını tehlikeye atmaktır, diye düşündüm. *Senin ona yapabileceğin bir iyilik olmalı*, diyordu içimden bir ses. Ona bakınca aklıma tek gelen şey, o tiksinç sakallarını yolmaktı. Birkaç kez kafamda canlandırdım, refleksle uyanıp kelepçeli olmayan sağ eliyle beni tek hamlede alaşağı edebilirdi. Başka bir yolu olmalıydı. Canilerle baş etmek hiçbir tıbbi kurumun başaracağı kolaylıkta bir iş değildir, diye düşündüm. Bir yerlerde bunun için yazılmış muhakkak bir el kitabı vardır: 'Canilerle Baş Etme Kılavuzu', bunu arayıp bulana dek bu bulantıya katlanacaktım. Bütün bunları kurarken, gözlerini araladı. Benden şüphelenmiş gibi baktı etrafına. Başının arkasını sağ eliyle ovuşturdu. Kahvaltısı için duvardaki kırmızı düğmeye bastım.

Rashid çayını yudumlarken, sırtımı ona dönmemeye çalışarak pencereden dışarı bakıyordum, yolun karşısında dev

---

3 Halüsinasyon. Sanrıdan farkı, düşünce ve inancın ötesinde koku ve somatik gerçeklik boyutunda algılanmasıdır.

bir reklam panosu duruyordu. Dikkat kesilince fark ettim ki, bu orduya alım ilânıydı: 'Görev Seninle Tamam, Sınırları Bizimle Aş'. Gururlu bir zafer sahnesi, miğferi başında, temiz yüzlü, körpecik bir vatansever, ülkelenin birinde yıkıntıların ardında, gözlerinden umut ışıkları saçıyordu. Ne de olsa birbirine giren radikallerle ihvanları ayırmaya giden bir Hıristiyan, göğsü elbette kabaracaktır, yüce bir görevle üstün hizmet madalyası için savaşıyor o da diye düşündüm. Rashid'e dönüp bakamadım, utandığımı hissettim. Ayaklarımın altından yer çekilmiş, reklam panosunda duran çöküntü binaların arasında çamura saplanmış gibi kaskatı duruyordum. Kalbim yerinden çıktı çıkacaktı. Rashid'in cinayet anında benzer bir duygu yoğunluğuyla, etrafındakilere saldırmış olabileceği düşüncesini aklımdan çıkaramıyordum.

Körelen bıçağının yerine yenisini almak için bir cumartesi sabahı, onuncu Berlin'den Neukölln'e hızlı trenle, bir bit pazarına gitmişti Rashid. Dönüş yolunda metro istasyonlarının birinde, aynı ilanı görünce doğup büyüdüğü şehrini hatırlamış, kendini cephede sanıp çıldırmış olmalıydı. Yoksa ne diye, yan koltuğunda oturan, tanımadığı iki kişiyi göğsünden bıçaklasın ki! Hayır, sanılanın aksine, evinde yapılan aramalarda herhangi bir yasadışı örgüte sempatisinin olduğunu ispatlayacak deliller bulunamamış. Böylece benzer gruplarla iletişimi olmadığından emin olduktan sonra cinayet dosyasını cinnet getirme deyip kapatmışlar. Yine de medya bir tekzip geçmediğinden, katliam bir terör eylemi olarak anılıyordu.

***

Ne zaman beklenmedik bir ölüm üzerine düşünsem, annemi hatırlıyorum. Onun ölümü de ani, muhtemelen böyle bir buhran anına denk gelmiş olmalıydı. Teyzem, annemin nasıl öldüğünü benimle paylaştığında on yaşımdaydım. Ölümü, boynu kırılan güvercinlerin büzülüp hareketsiz kalmasından biliyordum. Ölmek; kaskatı kalmak, büzüşüp küçülmek, küçülüp yok olmak. "Annen çoktan öldü. Kendi isteğiyle gitti..." Anne ve ölüm kelimeleri yan yana gelince ne kadar anlamsızdı. Anne ve doğum kelimelerini birbirine daha çok yakıştıran en az yüz kişi bulabilirdim sokakta. Dinozorların soyunun tükenmesi yahut kurbanda alnıma sürülen kanın sebebi aynıydı, bu ölüm denen şeydi işte. "Ölünce nereye gideriz?" diye sordum Şeri'ye, önce kızdı abuk sabuk konuştuğum için, sonra üsteleyince 'Öteki dünya' diye bir yerden bahsetti. Bu öteki dünyanın neye benzediğini soracak oldum, "Biri yeraltında kötüler için, diğeri göklerde iyiler için" deyip "Gerisini karıştırma" diye tembihledi. Mesele yine dönüp dolaşıp kötülere gelmişti, iyileri beni sevenler olarak tanımlıyordum. Kötüler de bana kötülük yapanlar olmalıydı. Demek ki ölen üvey babam, yeraltında saklanacaktı bundan böyle. Toprağa yalın ayak basmaktan korktum.

Annemin yerde mi gökte mi olduğunu kestiremiyordum. İyilik sandığı kötülükler yaptığını dinledim Şeri'den. "Nasıl yani?" diye sordum. Bir keresinde, artık emzirecek sütü kalmadığından bir koşu ahıra gitmiş, kınalının altına oturtmuş beni. Ananem o gün ahırda beni, ters çevrilmiş süt leğeninin üstünde, ağzım ineğin memelerine dayanmış hâlde bulmuş. Samanların dibinde uyuya kalan annem de soranlara "Kadından emiliyor da inekten niye emilmesin!" demiş. O günden sonra ananem, bizi annemle hiç yalnız bırakmamış. Bu durumda, annem yalnızca benim doymamı istemişse, ancak aklı buna el vermemişse, bu bilinçli bir kötülük olmaz. Bu yüzden olacak, annem göklerde bir yerlerde, iyilerin yanında olmalıydı.

***

Pencerenin tül perdesini kapatıp Rashid'in ne yaptığına baktım. Yeniden uykuya dalmış, sakin yatıyordu. Uyanmadan bir an evvel ilaç dolabının kilidini açtım. Sargı bezlerinin arasından büyükçe bir makas buldum. Her şey birkaç hamlede sessiz sedasız oldu bitti. İçim müthiş bir huzurla kaplandı, son zamanlarda yaşadığım ender mutluluk anlarından biriydi belki de. Odadan çıkmadan, yumruklarımı önlük ceplerime soktum. Avuçlarımda sıkı sıkı tuttuğum kara sakalları, atacak bir yer bulmalıydım.

6.

"Şu sarı şeffaf olanların adı ne?" diye sordum tezgâhta bekleyen kadına.

"Kehribar. Anlamını bilir misiniz?"

"Hayır."

"İlk çağlardan beri bilinen bir taş, doğa müzesine gittiyseniz görmüşsünüzdür, şimdilerde bebeklere de uyusun diye takıyorlar ya, o kadar küçük çocuğun hareketlerine tahammül edemiyorlar, doğar doğmaz hemen sakinleşsin istiyorlar..."

"Anlamı diyordunuz?"

"Sakinleştiriyor işte, bir de ışığı ruha güç verir derler. Alıyor musunuz?"

"Kalsın" deyip oradan ayrıldım.

Betty'nin cinayetine tanık olduktan sonraki gündü. O korktuğum zorunlu izine çıkarılmıştım. Düşünmemek için ya da fazla düşünmemek demeliyim, çünkü hiçbir zaman tam olarak düşünmeyi durdurmanın bir yolu olmadı benim için, bu sebepten sokaklarda şuursuzca dolaşıyordum. Öncesinde şehir merkezinden geçen bilmem kaç numaralı bir otobüse binmiştim. İki hattın ucu kırk beş dakika sürüyordu, tam dört sefer sonunda, otobüs benzinliğe girdi. Orada arızalanmış mı ne, hareket edemeyince biz yolcuları arkadan gelen diğer bir otobüse tahliye ettiler, o da son durağı olan şehir merkezinde bizi indirdi.

Uzun, çok uzun bir süredir kalabalığa çıkmamıştım, üstelik yalnızdım, her zamanki gibi. Siyah kadife kabanımın ceplerine elimi öyle bir daldırmış yürüyordum ki, iç astarı deldiğimi sonradan fark ettim. Henüz öğleden sonraydı, havanın aydınlığı saati anlamama yardımcı olamayacak kadar kararsızdı. Kışın anlamsız kasvetini hiçbir mevsim geçemezdi, çünkü akşamdan başka bir akşama uyanıp duruyorduk. Güneş doğmuyor, bulutların arkasından sızmıyordu bile, bu da günü durmaksızın akşam kılıyordu. Akşama doğru daha ağır bir alacakaranlık çöküyor, böylece gün boyu süren bir akşam, yerini geceye bırakıyordu. Böyle bir kara döngünün öğleden sonrasında, saatlerin de bir önemi yoktu, ne var ki dong'ları da saymadan duramıyordum.

Dong sesinin kulak ağrıtan dayanılmaz vuruşuyla, Dom'a yaklaştıkça saat başı olacak korkusu, içimdeki akşamın hızlı çökeceği korkusundan daha baskın çıkıyordu. Tüm bu saçmalıkları düşünmek işe yarıyordu, cinayeti unutmalıydım. Hatırladıkça birinin acısına son vermenin hazzıyla doluyordum. Bu düşünce bana tuhaf bir huzur verdiği için unutmalıydım. Bu kadar sıkışmış olmak da neyin nesiydi bilmiyorum. İnsanların arasından yüzlerine bakmadan hızla sıyrılırken, ayaklarından yüzlerinin neye benziyor olabileceğini düşünüyordum. Spree nehrinin üzerindeki köprüden geçtikten sonra ara sokakların birinde bir bit pazarı gördüm, sonunda biraz olsun dikkatimi dağıtacak bir şey bulmuştum. Kısa süreli de olsa vakit öldürecektim ama hemen ardından yine dünyanın en bahtsız, sıkıcı insanı hissedeceğime emindim, öyle de oldu.

Kehribar kolyeyi almadığım için pişman olmuştum, satıcı kadın aptal saptal konular açan gevezenin teki olmasaydı muhakkak alacaktım, ne var ki durmadan yeni bir konuya sıçrıyor, anlatacağı esas şeyden uzaklaşıp duruyordu. En sonunda çaktırmadan bana özel sorular soracağını bildiğimden, oradan hemen uzaklaşmak en iyisiydi. Kalabalığın ardından yer yer bir keman konçertosu duyuyordum, rüzgârın şiddetine, yönüne göre değişiyordu violin sesleri. Melodiyi çıkarmak için çabalıyordum, ama çok kısa sürdüğünden, bir türlü hangi eser olduğunu bulamıyordum. Müzik kesilince, kaşmir şalların, güderi eldivenlerin, yün çarıkların arasında durdum, Anadolu desenli kilimlerin üstünde düz beyaz bir yastık gözüme çarptı. Bu, Betty'nin suç aletiydi.

Onca eşyadan, en masum olanını seçmişti. Hayatı boyunca, her yastığa başını koyduğunda ölen bir kadının çırpınan kolları, bacakları aklına gelmezdi belki. Bir yastıkla yapılacak iyi şeyleri düşünmeye çalıştım; Kristof sevişirken tüm yastıkları yere fırlatırdı, uykuya sevdiğini rüyasında görmek için dalan biri yastığına daha sıkı sarılırdı. Çocukken yastığın üstüne ata biner gibi abanır, sona ermeyen bir zevkle mastürbasyon yapardım. Bir keresinde Erasmus öğrencilerinin yurtta yastık savaşı yaptıklarını uzaktan seyretmiştim, yine çocukken masaya erişebileyim diye sandalyeye iki yastık üst üste oturtulurdum; yastık hakkında yeterince güzel hatıralarım vardı, yine de düşündükçe artık beyaz yastıklardan nefret ediyordum.

Hereke halısının üstüne yatırılmış yastıklara bakınca, midem bulanmaya devam etti, bir taraftan da ensemden soğuk terler boşanıyordu. Yastık masum, dedim içimden. Ayaklar üzerinde şiddetle sallanan bir yastık, bebek için hiç de masum değildir, dedi karşı ses. Unutulmuş bir anın kayıp parçaları gibi, düşüncelerime geri dönüp paramparça eksilenleri tamamlıyorum. Yastık üzerinde sabitlenip kalmıştım. Kansız, acısız bir yolu seçmesi tesadüf müdür, diye düşündüm ve sonra dönüp dolaşıp yine cinayete vardığım için düşüncelerimden nefret ettim. *Cinayeti gören ona ortak olur.* Katilin hiç mi suçu yok? *Hiç mi suçun yok?* Ben katil değilim! *Engel olabilirdin.* Hayır, kıpırdayamazdım, şoka girmiştim. *Bağırsaydın birileri gelirdi, kıpırdamana gerek kalmazdı.* Zaten yardım çağırdım, zile ben bastım. *İş işten geçince.* Zaten geç kalmıştım. *Sessiz, yani seyirci kaldın.* Yeter artık, git başımdan, defol, defol! Şalların birini asılıp çekmiş olacağım, önüme bir düzine şal düşüverdi. Öfkeden kudurup bağırdım mı acaba diye soruyordum kendime. Çünkü pazardaki insanların tümü aynı anda bana bakıyorlardı, oralı olmamış gibi yaptım. İşin aslı, yerin katmanlarına karıştım, kıpkırmızı bir kor içimde kıvranıyordu, karnımla kalbim arasından kollarıma akan ateşli bir güçtü. Yüzüm katiyen kızarmıyordu. Yani en azından, yüzümde biyolojik bir dolaşım hissetmiyordum. Oradan hızla uzaklaşırken bir taraftan az evvel kafamda duyduklarımın iç ses mi yoksa ilahi bir mesaj mı olduğunun ayırdına varmam gerekiyordu. Önüme çıkan ilk büfeden bir sosisli, bir de *Weizen*[4] aldım. İçince daha iyi hissettim.

Son sigaramı söndürmüş, pazarın kalabalığından sıkılmıştım ki, çinili fincanların, tabakların hizasında bolca otantik takıların olduğu bir tezgâh gördüm. Satıcı genç kıza yaklaşıp sordum:

"Kehribar taşlı bir kolye arıyorum."

"Bu küçük sandıktakilerin içinden seçebilirsiniz" dedi genç kız başıyla beni selamlarken.

Teşekkür etmek için baktığımda, tezgâhın arkasında oturan yaşlı bir kadın gördüm. Önce hayâl gördüğümü sandım, çaktırmadan genç kıza,

"Ananeniz olmalı şuradaki hanım, onun eşyaları mı bunlar?" diye sordum.

"Evet yani hayır, ay affedersiniz, evet onun eşyaları, ama ananem değil Tante Mari."

"Anladım, bir yakınıma benzettim de."

"Kiliseden ona yardım etmeye geliyorum, hem yardım hem öğrenci işi işte."

"Acaba biraz konuşsam kendisiyle sakıncası olur mu?"

"Bilakis, biriyle konuşmaya can atıyor, kimsesi yok da... Size oturacak bir tabure getireyim."

---

4 Buğday birası.

"Teşekkürler!"

Tante Mari'yi gökte ararken bit pazarında bulmuştum. Tüm buruşukluğuna rağmen, anane sıcağı bakışları içime bir tuhaflık serpiyordu. Hâlâ yaşıyor olması şaşılacak şeydi, bunca ağrıya çiziğe rağmen yaşamak ne acı, diye düşündüm pazarcı kız tabureyi uzatırken. Mari'nin yanına oturmak için izin istedim, duymazdan geldi. Beni tanıyıp tanımadığını anlamam çok uzun sürmedi, bir yabancıymışım gibi yüzünü ters yöne çeviriyor, yokmuşum gibi davranıyordu. Unutkanlığına kızamazdım, elbet beni hatırlaması daha da şaşılacak bir durum olurdu, üstelik ona bir özür borçluydum. Ne var ki telafisi için tatlılıkla çabalamaya gücüm yoktu, dengesiz bunaklıklara yahut densiz bebekliklere tahammülüm yoktu. Yanına oturup konuşacak bir şey aradım, gözüm tezgâhtaki rengi kirden sararmış bir abajura takıldı.

"Abajurun hikâyesini sizden duymayı çok isterdim" diye söze başladım.

"Abajur... Abajur, evet, oğlumun salonda en sevdiği eşyaydı" dedi Tante Mari.

"Her eşyanın ayrı hikâyesi vardır değil mi?"

"Pöf, eşyanın hikâyesi mi olurmuş?"

"Olmaz tabii ya, biz uydururuz" deyiverdim bu kez tam tersi, sırf o mutlu olsun diye, sırf onaylanayım diye.

"Ayak yeri kırıktır, Kaliningrad'dan, Rus pazarından getirmişti bunu babam."

Varmış işte hikâyesi, diyecek oldum, vazgeçip sustum, onu

seyre daldım. Başlattığım absürt diyaloğa, kararsız bir yorum katmıştı Tante Mari. Orada onu daha önce hiç tanımamış olsaydım, demek istediğim, zihninin gelgitlerine önceden şahit olmasaydım; muhakkak yaşlı bir bilge öğüdü olarak bu söylediklerini aklımın bir köşesinde saklar, hatta ilk bakışta saçma gelen mantığının sırrını çözmeye çalışırdım. Görüntüsü hiç değişmemişti; mavisi solgun gözleri aynıydı, kıvırcığı dağılmış kısa beyaz saçları örgü beresinin altından yer yer dağınık kaşlarına düşüyordu. Yürütecinin oturağına kurulmuş, gelene geçene beklediği biriymiş gibi merakla bakıyor, tezgâha yanaşıp bir şey alanlara da 'eşyalarıma iyi bakın' bakışları atıyordu. Bir süre öylece, sus pus bakıştık. Pazarcı kız "Hava iyice kararmadan toparlanmalıyız" deyip kırılacak eşyaları, kolilerin içinden aldığı eski gazetelere sarmaya başladı. Mari'nin Katolik bir cemaatin yaşlılar yurdunda kaldığını öğrendim. O sırada Tante Mari, gelen birkaç müşterinin elinden baktıkları eşyaları almaya çalıştı, anlaşılan yine çocuklaştı, diye düşündüm. Kızla beraber onu usulca sakinleştirdik.

Dik bir yokuşun başında durduk. Yürütecinin frenini sabitledim, önde kalan sepet kısmına Mari'nin kendi kendine oturması için bekledim. Ona yaklaşınca hâlâ aynı keskin idrar kokusunu duyumsuyor, yine de onun yamacından ayrılamıyordum. Delilikle çocukluk arasında komik sorular sorup durdu, her birini gülümsemeden, büyük bir ciddiyetle cevapladım. Aslında öyle akıllıca sorulardı ki bunlar, bir tanesini şöyle anımsıyorum. Karşı tezgâhın tentesinde asılı duran bir rüzgâr gülü vardı, çarkları durmadan dönüyordu ve tabii gölgesi de öyle. Gölge, sokak lambasından bir ağaca düşüyordu; çarklar

birer bıçak olmuşlar, ağacın gövdesini kesiyormuş gibi hızla
dönerken, Mari bunu görmüş, "Bu ağacı gerçekten kesmiyorlar
değil mi?" diye bir çocuk telaşıyla soruyordu. Karşımda seksen
altı yaşında buruşuk bir çocuk vardı, ellerini aynı anda hava-
ya kaldırarak bir şeylerden bahsederken, ellerinin üzerindeki
kesiklere takıldı gözüm. Bunlar derin jilet izlerine benziyor-
du, kabukları iyileşmek üzere olduğundan içimden tekrarının
başarıya ulaşacağını umarak, kesik izli ellerden çocukluğuma
gittim.

***

Yedi yaşımdaydım. Ağustos sıcağında bahçede sulama
hortumuyla oynuyordum, kapı çaldı, gelen Halit Ağabey'di,
Şeri'nin biricik firari evladı. Yatılı meslek okulundan senede
iki kez eve gelirdi, yırtık kot ve kabarık uzun saçlarıyla Alman
hippilerine benziyordu. Onunla hiç aynı evde yaşamadığımız-
dan, herhangi bir bağımız yoktu. Benim için sokaktan geçen
bir yabancıdan farksızdı. Evin içinde karşılaşınca ne yapaca-
ğımı şaşırırdım. Utanır yanında durmaz, soru sorduğunda da
verecek cevap bulamadığımdan değil, ama nasıl konuşmam
gerektiğini bilmediğimden tebessüm edip susardım. Daha
önce hiçbir erkekle o kadar yakın bulunmamıştım, aynı evin
içinde köşe kapmaca oynar gibi, dar koridorda karşılaşınca
omuzlarımı büzüştürüp ayaklarıma bakarak geçerdim yanın-
dan. Tam banyoya girecekken, içeride göğsü kıllı birinin tıraş
olması, ben tuvaletteyken kapıyı yanlışlıkla açıp içeri dalması,
bunlar kısa ziyaretler esnasında olsa da son derece yadırgadı-
ğım, utanç dolu anlardı.

88

Bir gün Halit Ağabey, bizi arabasıyla Mariahilfer caddesindeki Türk pazarına götürdü. Araba yirmi yıllık külüstür, motoru çalışırken pat pat sesler çıkarıyor, Şeri'yle benim yüreğimizi ağzımıza getiriyordu. Pazarı boydan boya talan ettikten sonra ağzına kadar dolu pazar çantasıyla arabanın yanına vardığımızda Şeri, terziden teslim alacağı pantolonları hatırladı, "Bir koşu gidip geleyim, siz anlamazsınız şimdi düzeltmeyi, şuradan dondurma alırsınız kendinize" deyip gitti. Halit Ağabey sıcağa rağmen arabanın arka koltuğuna oturttu beni, pazardan çıkanların arabanın içini nasıl olup da görmediğini hiçbir zaman anlayamadım. Yaklaştıkça yaklaştı, elini omzuma attı, diğer eliyle de kloş paçalı kumaş şortumun arasından parmaklarını içime soktu, ufak kımıldanmalarla, tırnakları kaygan etime battı. O an sadece tırnak çiziği kadar tuhaf, belki tanıdık bir acı hissettim. Utançtan mı, acıdan mı bilmem kafamın içi alev alev yanıyordu. Boğazımı sıkmışlar yahut kaynar su dökmüşlerdi, öyle bir zonklama ki tüm vücuduma yayıldı. Kulaklarımda, kollarımda, en çok da kasıklarımda ağrılı bir baskı. Yüz yıl geçti, o ağrı hâlâ geçmedi.

Ne yapmam gerektiğini bilmiyordum, bir an sıkı sıkıya yumduğum gözlerimi açıp camdan dışarı baktım, köşeyi dönen birini gördüm. Teyzem olduğunu sanıp ağlamaya başladım, kalbim yerinden çıktı çıkacak, ne var ki sesim çıkmıyordu. Ağzım belli belirsiz aralık, sesim çıksın diye bir süre zorluyordum. Bir el boğazıma dolanmış gibi boğuluyordum. Ağlamakla hıçkırık arası titremelerimden korkmuş olacak, elini geri çekip benden uzaklaştı, bundan güç alıp sesli ağlamaya başladım. O dışarı çıkıp çorabından çıkardığı sigarayı içerken sesim çığlığa dönmese de daha yüksek sesle ağlamaya devam ettim. Olur da geri döner diye, bu kez sesim yok olana dek ağladım. Şeri hâlâ ortalarda yoktu. Bu adını bilmediğim sevgisiz dokunuş, sonraki günlerde, o yatılı okuluna dönene kadar iki kez daha tekrarlandı. Elleri iri ve yaralıydı. Jilet yarası değil, muhtemelen su çiçeğiydi. Belki de bundan, hiçbir zaman bir adamın elini tutmak istemedim, yaralı olsun olmasın.

***

"Die Zeit heilt alle wunden" diyordu Mari, onu yeniden duymaya başladığımda ilk kavradığım kelimeler bunlardı. "Her şeyin ilacı zaman" diyor, bir taraftan gülüyordu. Tersi olumsuz olan şeyin kendisi olumludur, diye düşündüm ve acıyan yaralarım için hiddetle eşlik ettim Mari'ye. Neden güldüğümüzü bilmiyordum, sadece gülüyordum, iyi hissettirdiği için ağlayana dek güldüm. Pazarcı kız tüm tezgâhı tek başına toplamış, Charity'nin mini pikabına küçük kolileri, şişkin torbaları yüklemiş, yanımıza gelmişti. Avucumda tuttuğum kehribar kolyeyi fark edip parasını kıza uzattım. Ayrılırken Tante Mari'nin ellerine bakmamak için gözlerimi kaçırdım, onu son kez göreceğime bu kez emindim. Beni doyasıya güldüren bu yaşlı kadına ölmeden son kez dokunmak için elimi sağ omzuna götürüp sıktım. O esnada tanıdık bir ses sol kulağıma fısıldıyordu: *Bu hayatta ona yapacağın en büyük iyilik olacak.* Sese "Biliyorum" dedim. Elimdeki para üstünü düşürmüş gibi yapıp yere eğildim, doğrulurken yürütecinin frenini açtım. Pazarcı kız pikabı uygun bir yere çekmiş dönüyordu, geçerken ona gülerek el salladım. Mari bir adımıyla yokuş aşağı sürük-

90

lenmiş olmalıydı. Aksini ummak istemezdim. Yaptığım her iyilikten sonra hissettiğim bu hafiflik feciydi, tadı damağımda kalan gizli bir haz. Çok geçmeden bir çığlık ve acı bir fren sesi duyuldu. Arkama bakmadan oradan uzaklaştım.

***

Köprüye yürürken, bir taraftan Mari'nin beni hatırlayıp hatırlamadığıyla ilgili akıl yürütüyordum, "Ne önemi var" deyip çantama yöneldim, boş sigara paketini görünce deliye döndüm. Zifiri karanlığın içinde bana doğru gelen birkaç ateş böceği gördüm, ilkini durdurup iki sigara istedim, dilenci ya da deli olduğumu sandıklarını düşündüm, "Öyle olsa sigaralarını paylaşmazlardı" diye düzelttim kendimi. Çakmağı ararken o keman konçertosunu tekrar duyuyordum, birkaç saniye içinde davullar girdi ve vuruşlar yükseldi. Yolda yakınımda kimse yoktu, köprünün üzerinde durdum, nehrin kıyısında bir restoran olup olmadığına baktım, sonra geçen bir gemi aradım suyun üzerinde, hiçbirini bulamadım. Sakin akan sudan yüzüme sert bir rüzgâr çarpıyordu, üfledikçe müzik kesildi, ben de sesi aramayı bıraktım.

Nehir boyunca iki kıyının bir tarafında asırlık ağaçların gölgeleri uzanıyor, diğer tarafta eski şehrin yer yer yeni binalarından parlak ışıklar yükseliyordu. Bir taraf ürkütücü, karanlık, titreyen dallarla dolu bir boşluk; diğer taraf aydınlık, çok sesli ve hayat doluydu. Bu ikilemin bağlandığı köprünün ortasındaydım. Eski doğu ve batının birleştiği yer. Nehrin en uç noktasına gözlerimi diktim ve ufuk çizgisinden akıntı yönünde sürüklenen karaltılar gördüm, bu cisimler bulunduğum

91

yere doğru yavaşça yüzüyorlardı. İyice yaklaştıklarında beş, altı adet büyük fıçının suyun yüzeyinde mantar gibi bata çıka ilerlediğini gördüm. Ancak karanlıktan dolayı fıçıların içinden sarkan nesneleri bir türlü tam olarak seçemiyordum. Tam altımdan geçerlerken bunların cansız insan bedenleri olduğunu fark ettim. Her yerim buz kesti, gözümü kapayıp yeniden açtığımda fıçılar gitmişti. Gördüklerimin hayal mi yoksa gerçek mi olduğunu idrak etmeye çalışırken, ellerim köprünün demirlerinde sımsıkı tutunarak, uzun uzun aşağıya baktım.

Daha önce buradan kaç insanın kendini aşağıya atmış olabileceğini düşündüm. Köprünün kuruluş tarihini hatırlamaya çalıştım, nereden baksan yüz elli yıllık vardı. Senede üç insan atlamış olsa, baktığım yere şimdiye kadar dört yüz elli kişi kendini öldürmek kastıyla atlamış olabilirdi. Şimdi intihar mevsimi değil. Yazın sıcağında olsak atlayan atlayana olurdu. Aynı anda dört yüz elli kişinin atlama ihtimalinin, anca bir savaş veya doğal afet esnasında olabileceğini de düşündüm. Bu denklemlere, fıçıya uzuvları gövdelerinden ayrı tıkılmış beş kişinin, daha önce bu köprüden intihar edenlerden olma ihtimalini de ekleyince, oluşturduğum toplu intiharlar kümesinin akıntısında boğulacağımı sandım. Birden elim sızladı, derin bir ürpertiyle elime baktım. Sigaram bitmişti. Hemen bir paket almak için açık olan bir *Kiosk* aramaya, yola koyuldum.

***

Her şeyin ilacı zamansa, yaraların da ilacı zaman olmalı. Kafamın içinde dönen tilkiler, sırtlanlar ne zamandır çürük bir et parçası arıyorlardı. Dibe ta dibe daldılar, en derinde bir

92

kuyudan gelen leş kokusuna atladılar. Yarama üşüştüler, onlar çürük parçayı yedikçe, kuyu dipsizleşti. Ben çürümeyi unutunca, şeytanlar açığa çıktı. Onlar konuştu, ben dinledim. Yaramın bekleyince geçeceğine inanmak, bir mucizeye inanmak olsa gerek. Wunde'den Wunder'e; yara'dan mucize'ye giden bir yol bulmak üzere, beni bu soğuk odaya hapsettiler. Unuttuğum ne çok şey var. Şimdi hatırlama zamanı. Şu beşinci omur bir bıraksa yakamı, daha çok şey hatırlayacağım, biliyorum. Hayır, nasıl olacağını bilmiyorum. Belki geçmişi düşüncemde temize çekmek kurtuluşum olacak. Belki de kuyudaki sonsuz ölüm döngüsü, yeniden doğuşu kaçırdığıma delalet. Bilmiyorum, tek bildiğim bir felaketi düzeltmeye kalkarken, daha büyüğüne yol açıp durduğum.

Genç doktor "Frau Canik, beni hatırlamadınız demek!" deyip önündeki dosyaya bir şeyler karalıyor. Şişko hemşire ortalarda yok. "Senden daha önemli hatırlayacaklarım var" diyorum her hâlinden acemilik akan yeni yetme asistana. "Buradan çıkmak için aklınızı kullanmanız gerek!" diyor pişkin pişkin. Düpedüz laf sokuyor pislik. Şu söylediğini şikâyet etsem sürülecek, haberi yok. Kim inanacak peki, diyor içimden bir ses. Köprüden geçtiğim o geceye gidiyorum.

Zaman iyileştirir yaraları. *Newton'un zamanı hareket edenleri kapsar.* Ben yerimde mi sayıyorum? *Gittiğin yer hep aynı; ev, iş, ev, iş...* Yerimde dururken zaman geçmiş sayılmıyor diyorsun. *Dahası, yaranın çürüyeni, cüzzamın irinleri iyileşir mi Canik?* Zihni çürük sensin, çık aklımdan, beynimi kemiriyorsun! *Güzel, öfkeni kus bana.* Einstein'ın zamanına inanıyorum ben, zamanda gidip geliyorum, defol dersem, defolursun, defol, defol, defol! Bu içerdeki sesi bastırmak için sigara aldığım büfenin önünde avaz avaz şarkı söylemeye başlamışım, sonradan öğrendiğime göre.

***

Gece gezginleri meydanın gerisinde rutin turlarındaydı. Kalabalık gruplar, çekinik tekler, baskın çiftler, bekârlığa veda particileri, sokak şarkıcıları, koltuğuna kusturmayan taksiciler, bir de köşe başı hapçıları… Herkes olması gerektiği bir düzende yerini almıştı. Bağırarak şarkı söylemem, en fazla bir ayrılık acısının üstüne, fıçıyla içilmiş izlenimi uyandırırdı. Büfenin yan tarafında beyaz takım elbiseli, ellili yaşlarında bir adam bana seslendi:

"Size bir sekt[5] ikram etmeme izin verir misiniz?"

Neden anlamında kafamı hafif öne eğip sağ kaşımı yukarı kaldırdım, adam hemen kendini açıklamaya koyuldu:

"Yarın evleniyorum, bunu kutlamalıyım, size de bir kadeh ısmarlıyorum, kırmayın lütfen."

Yanındaki göze batmayan tek tük eşlikçileri, adamın seçkin giyimi ve karizmatik konuşması, beni durumun masumluğuna ikna etmişti. "Olur" anlamında gülümseyip dayandıkları yüksek ayaklı masaya yaklaştım. Sadece bir şampanya, üstelik ikram, adamın son hesapsız gecesi, hepsi bu, diye telkin ettim kendimi. "Prost!" deyip kadehlerimizi tokuşturduk, o çoktan onuncuyu içiyor olmalıydı, konuşurken ağzını pek toparla-

---

yabildiği söylenemezdi. Yine de kibarlığı, çakır keyifliğinin önüne geçiyordu. İlk yudumda gençlikten bahsetti, ikincide körpeliğin tuzağından, üçüncüde eş seçiminden... Yudumlar çoğaldıkça, öğütler katlanarak artıyordu. Yedinci yahut sekizinci kadehte, tam hatırlamıyorum, müsaade istedim, içki için değil belki ama kötücül seslerimi kovaladığı için ona teşekkür ettim, bunu ona aksettirmeden. Hâlimi bildiğini söyleyip durdu, gitmeme izin vermedi.

Beyazlı adam, fedaileri ve ben şehrin en ışıklı caddesinde kahkaha atarak beş on dakika yürüdük. Operanın yan sokağına saptık, oradan altın pulların olduğu büyük, işlemeli bir kapıdan geçtik. İçerde penguen kılıklı, aşırı ciddi garsonların dolaştığı onlarca masa vardı, hemen arkada da kollu makinalar. Garsonlar beyaz takım elbiseli adamı yerlere kadar eğilerek selamladılar, beraberinde beni de. Bu bana müthiş bir haz verdi. Masaya oturduğumda elime bir pul tutuşturdular, gayri ihtiyari yukarıdaki ekranlardan gözüme ilişen, bir önceki el kazanan siyah çift rakama koydum pulu. Kol çevrildi, siyah kazandı. Bu, saygıyla selamlanmaktan da büyük bir hazdı, ne kadar daha devam ettiğimi hatırlamıyorum. Kumarbaz olacak değildim, ama bunun kıyısında gezinmek, derin bir uçurumdan düşmeden bakınmak hissiyle eş değerdi. Haz ve mutluluk, aradığım şeyin bu olmadığını biliyordum, yine de beyazlı adamı, o geceyi özlüyorum.

7.

Hızlı bir gecenin ardından dört gün eve kapandım. Evde kıpırdamadan sorumsuzca yatmak, Doğu Ekspresi'nin hangi şehirden, ne zaman geçeceğini bilmeden günlerce durakta beklemeye benziyordu. Bütün gün gözlerim kan çanağı olana dek aynı noktaya bakıyor, yine de zerre uykum gelmiyordu. Hemen sonra bitap düşüp uyuyup uyanıyor, uyandıktan sonra birkaç gündür uyumuş olabileceğimi düşünüyordum. Sürekli açık olan televizyon, başkaca yorumladığım dış sesleri, belki de iç demeliyim, duymamı engelliyordu. Yattığım yerden duvarda, nereden geldiğini anlamadığım bir belgesel dönmeye başladı. Anne leylek yeni doğan üç yavrusundan en cılızını seçip boynundan tuttuğu gibi metrelerce yüksekten aşağıya atıyordu. Kendi türünün doğal ayıklamasını bizzat anneleri yapıyordu. Aciz olanı, olası tehlikelerden korumak için öz yavrusunu öldürmek! Vahşi doğada bunlar gayet normaldi.

Ne var ki masallarda bebekleri getiren leylek, aslında vahşi bir hayvan mı ondan pek emin olamadım. İnsanın doğadaki diğer canlıları kendisi gibi algılaması, hislerinden bağımsız hareket edemediğindendir, diyerek karmaşık düşüncelere daldım. Bu leylek olayının benimle bir ilgisi olamazdı. Kimseyi yuvadan atmadım, atmam da diye kendimi aklamaya çalıştım, ama nafile. Caniyim ben, kalpsizim. Ruhsuzun, hissizin biriyim, masum bir insan yavrusunu sahiplenecek kadar, şuncacık gururum yok. Bir çocuğu kucağımda tutabilecek, doyurabilecek, bakabilecek sabrım yok. Unuttuğum en kötü şey bu çocuk, diye başımı duvara vurmak istedim. Kılımı kıpırdatacak hâlim yoktu. Kendini bana leylek olup hatırlatmaya çalışsa da ben onu hiç düşünmeden yaşayabiliyordum. Bu yüzden kendimden yeterince nefret edebilecek sebebim vardı. *Sen böylesin, sana ne öğretildiyse öyle yaşıyorsun.* Sustum. Bazen kötücül sese kulak vermek beni rahatlatıyordu. Sustuğumda, haklı olduğuna iyice inanınca daha da kötüleşiyordum. Bu kez ona itaatle arınmayı bekliyordum.

***

Hafta başı işe dönmeyi, evden dışarı çıkmayı hiç istemedim. Metro durağına geldiğimde, trenin perona yanaşmasına beş dakika vardı. Banklar dolu olunca, direklerden birine sırtımı dayayıp beklemeye koyuldum. Direklerin üst kısmındaki sivri antenlere gözüm takıldı, bunlar güvercinler yolcuların kafasına sıçmasın diye kurulan metal dikenlerdi. Dikenlerin olmadığı köşelerde, dikdörtgen bir yüzeyde biriken güvercinler, mini minnacık üçgen açıklıkta yan yana sığışmışlardı. Dikenlerin kıyısında dolaşan güvercinlere bakarken, o sırada epey esmer bir genç yere sandviçini düşürdü, ekmeğinin ardından bilinmeyen bir dilde, sakarlığına küfürler etti. Genç, güvercinlerin düşen ekmek için yere konduğunu görünce, daha rahat yiyebilsinler diye, sandvici çöpün yanına doğru ayağıyla itekleyerek kenara çekildi. Gencin güvercinleri bilinçli olarak beslediğini gören yaşlı bir kadın söylenmeye başladı "Yabancıları beslediğimizde bakın ne oluyor? Yaşadıkları yerin kurallarına saygı göstermiyorlar!" deyip bastonuyla genci dürtmeye yeltendi. Durakta bekleyenlerin araya girmesiyle ortam yatıştırıldı. Genç, kırık Almancasıyla güvercinleri beslemenin üç bin avro cezası olduğunu bilmediğini, ısrarla söyleyip dururken, ben çoktan trendeki yerime oturmuştum.

Trenin hareket etmesine yakın olayın çözüldüğünü görünce, başımı diğer taraftaki cama çevirdim. Karşı yönde durakta bir bankta, yaşı geçkin, ısıran soğuğa rağmen kazağı göbeğini kapatmayan bir adamın oturduğunu gördüm. Boynu önüne düşmüş, yüzü seçilmiyordu. Hareketsiz duruşuna, derin solumasına bakılırsa uyuya kalmıştı, muhtemelen evsizin tekidir, diye düşündüm. Gerçi bunun böyle olmadığını aynı gün geç saatte eve dönerken anlayacaktım. Kimsenin yanından geçerken dönüp bakmadığı, neden orada o hâlde olduğunu merak etmediği, hatta görmediği bu düşküne daha fazla boş boş bakmayı bıraktım. Benim yaralarım bir evsizinkinden daha büyük kesiklerle dolu, dedim kendime. Güvercinler hâlâ orada duruyordu. Vahşice döner yiyen, etçil güvercinler, bana bir şey anlatınca duraladım. Aklım bu kez güvercinlere takıldı. Boklarının sevilmemesine, itilip kakılmalarına yahut şehrin göbeğinde, karda kışta aç biilaç bırakılmalarına takılmadım elbet.

***

Şeri'yle köye, yaz tatiline gittiğimiz zaman henüz on iki yaşımdaydım. Anadolu'nun güney batısında, kıyıdan içlere doğru ilerledikçe, Meyis'ten Tahran'a gitmiş olurdunuz. Batı da olsa kasabalı, açtır. Saçı açık birini gördüler mi, önce köydeki evlerin penceresinden yola, sonra kahveden muhtara taşınırdı mevzu. Filanca kız jeanle mi tanıştı, ağabeyleri tezden yatılı okula teftişe yollanır, jeanin tene ne kadar yapıştığı, genç kızın poposunu yüzde kaç seksi gösterdiği denetlenirdi. Çok gerekliyse ağzı kırılana dek herkesin önünde dövülürdü. Kız, okul okuma bahanesiyle evden çıkar sonra da kocaya kaçar korkusuyla, ağabeyleri tarafından 'yola gelecek gibi değil' notu verilirse, aile meclisinden kesin karar çıkardı. Karar neticesinde okuldan alınır, derhal mahallenin sütçüsüne, kavuncusuna veya sınır köyün korucusuna başlık parası beklenmeden verilirdi. Annemin bu baskılar arasında neden delirdiğini anlamak zor değildi.

Yokluk içinde garip hayatların aktığı, ancak kimsenin bu yokluğa şikâyet etmediği bir yerde, gündüz 'hoş geldin ziyaretleri' arasında uzaktan akrabamız olan köy çocukları beni alıp eski bir yel değirmenine götürmüşlerdi. Yöre ağızlarını anlamadığım, aralarda yüzüme bakarak piç dediklerini sandığım, (piçin anlamını henüz bilmediğim için onlara hiç gocunmamıştım) uzaydan gelmişim gibi her yanımı didik didik inceleyen çocuklar, ısrarla bana bir şey göstereceklerini, daha önce hiç buna benzer bir şey görmediğimi iddia ederek çekiştire

çekiştire beni asırlık bir değirmenin karşısına oturttular. Değirmen yatağına dökülen buğdayları yemeye can atarken tavanın yıkık bölmesinden pervanelere takılan güvercinler, bir bir değirmen taşına düşüyorlardı. Çocuklar büyük bir heyecanla, ezilmiş buğdayların arasında can çekişen güvercinleri, eski bir un çuvalıyla yakalayıp boyunlarını kırıyorlardı. Güvercin boyunlarını hasır çuvalın dışından kavradıkları için hayvanın ölüm anını görmemek bu eylemi kolaylaştırıyordu. Böylece çocuklar, güvercinlerin bilmeyerek atladıkları ölüm çukurundan sayelerinde daha az acıyla kurtulduklarını savunuyorlardı. Kendilerini boyun kıran kahramanlar ilan eden köy çocuklarını zevkle izliyordum.

Heyecan dolu bir davetle, kendimi çuvalın üstünden güvercin boynu kırarken bulmuştum. Hem onların yarasını dindirdiğimi düşünerek iyi hissediyordum hem de onları bizzat öldürüyor olmamın iç gıdıklayıcı vahşetiyle karmaşık bir bilmecenin boşluklarını dolduruyordum. Dahası iş gittikçe tahmin edemeyeceğim bir boyuta sürükleniyordu; çocuklar, yirmi kadar güvercin ölüsünü, sıcak suya atıp tüylerini yolduktan sonra çalı çırpıyla yaktıkları ateşte döndürüp yiyorlardı. Güvercinleri öldürmenin tuhaf hissinden bir süre bitkin düştüm. Sonra o eşsiz koku geldi burnuma. Pişen güvercin eti, mangalda pirzola gibi kokuyordu, bu en sevdiğimdi. Dayanamayıp tadına baktım. Masum bir kuşu öldürmenin iğrenç bir şey olduğu düşüncesinden sıyrılıp etin dayanılmaz lezzetinin kokusuna kapılmıştım. Ucuza, hatta bedavaya bu kadar doğalını ve lezzetlisini başka türlü bulamayacaklarından, yoksulların etin lezzetine ulaşmak için ne gerekiyorsa yapabileceklerini gördüm. Masum kuşları tuzağa düşürüp parçalamalarının haklı gerekçesine de bizzat eriştim. Tabii sonraki yıllarda bu tadı aramasam da neden güvercinleri yemediğimizi o çocuk aklıma bir türlü kabul ettiremedim, hatta bir sapan yapıp kendi kendime korulukta kuş avına çıkmayı da düşündüm, ne var ki Almanya'da kanunlar daha katı uygulandığından, başıma neyin geleceğini de kestiremeyip bu düşüncemden çabucak caydım. Diken üstündeki güvercinlerden boynu kırık güvercinlere doğru kafamın içinde gezinirken hastanenin koridorlarına varmış, yürüyordum.

****

Kliniğe deli gömleğimle geleceğim güne daha çok zaman vardı. Dün ilk kez kollarımı uzun beyaz bezleri bedenime doladıkları zaman tıpkı anneme benzediğimi düşündüm, deli gömleğim birden bebek kundağına dönüştü kafamda. Annemle bütünleşmek, onun peşinden gitmek, öze dönmekle yok olmak arasında bir histi. Şimdi unuttuğum o cinayet gecesinde, neler olduğunu hatırlamak için daha önce geçtiğim yerlerden yeniden geçiyorum. Zihnimdeki yolculuğa geri dönüyorum. Hastanede olmak istemiyordum, kafamdaki çok sesli keman konçertoları, yüzen cesetler, kötücül sesim orada durdukça, hiçbir şey yapmak istemiyordum. Çalışmak zorunda olduğum yeri ben seçmiştim evet, ama işin aslı iyileşme şansı zerre kadar olmayan zavallılar için kendimi yırtmanın bir anlamı yoktu. Daha fenası, klinikte çalıştıkça kendimi daha fazla insana yardım etmek zorunda hissedecektim. Bu da daha fazla insanın hayatına mal olacaktı. Bu, bana kalsa iyi bir şeydi. Ama sorgulanmaktan korkunca kaçtım. Bir an önce kurtulmak istedim. Gitmek. Gitmek fikrine alıştıktan birkaç saniye sonra o cevapsız soru aklıma takıldı. Nereye?

***

O günkü hasta, suçu sabit bir tutukluydu, hapishanede girdiği nöbetlerden birkaç günlüğüne sakinleştirilmesi için kapalı kliniğe yatırmışlardı. Odasına girdiğimde henüz neyden ceza aldığını bilmiyordum, yalnızca ağır ceza aldığını anlayabilmiştim. Daha önce Rashid'te gördüğüm, yatak demirine asılı kelepçeli bileğinden bu kanıya varmıştım. Görünüşte oldukça sakin yapılı, güler yüzlü, sarışın, tipik Alman bir kadındı bu yeni gelen. Vücut hatları orta yaşa yeni girmiş gibiydi, ne var ki yüzü en az otuz yıl daha yaşlı görünüyordu. İğnesini yaptıktan sonra nasıl olduğunu sordum, ölgün bakışlarıyla savuşturdu sorumu. Boş vermiş tuhaf bir rahatlama vardı yüzünde, pek konuşkan olmadığını, dış dünyayla ilgisizliğini not edip hemşire odasına geçtim. Bunun bir Amoklauf (cinnet) vakası olduğunu öğrendim. Üç farklı babadan, altı çocuğunu yalnız büyüten bir anne, çocuklarının beşini cinnet getirerek öldürüp on dört yaşındaki en büyük oğlunu okuldan almaya gitmişti. Oğluyla arabadayken polis çevirmesinde yakalanmış, belki de altıncı cinayetini işlemekten son anda kurtulmuştu. En azından annem beni değil kendini öldürmüştü. Bunun için ona minnettar olabilirdim, üzerine düşününce vazgeçtim. Acılarım, bu kadar büyümezdi çocukken ölseydim. Hâlâ yaşıyor olmam tesadüfi olamazdı.

Saçma sapan düşünceler arasında hayatta kalmaya çalışmak

bazen sandığımdan daha fazla can yakıyordu, yaşamak ağır iş, dedim sonra kendi kendime. Sabahtan beri bir dizi iğrençlik üzerine yine ağır bir zihinsel darbeye maruz kalıyordum. Uzun zamandır üzerine düşünmeyi ertelediğim şeyin annemin intiharı olduğunu hatırladım. Yok, yüzleşme zamanı değildi, çoğu insan annesine yakın olmak için yaşadığı şehri değiştirir; onun sıcak yemeklerinden tadabilmek, daha yakınında sevilen bir evlat olma görevini yerine getirmek için. Hatta annesine, işe yaradığı hissini tattırmak için hiç kullanmayacağını bile bile yün atkı ördürür, faturalarını yatırır, yarım kalan çengel bulmacalarını birlikte doldurur. Tabii bütün bunlar canlı bir anneye yakın olmak için yapılan eylemlerdir. Bir de benim gibi annesinin neden intihar ettiğini bile bilmeyen biri için misal, en fazla aklını yitirmiş bir kadının neye benzediğini anlamak, bir sinir hastalıkları hastanesine gitmek, bir nevi anneye yakınlaşmak sayılırdı. Annemin hastalığını Şeri'den onun nasıl öldüğünü öğrendiğim gün öğrendim. On yedi yaşımın hediyesi, annemin delilikten öldüğünü öğrenmekti. Hayatım boyunca bu bilgiyle ne yapacağımı düşündüm. İşin içinden çıkamayınca, hiç olmazsa "İnsan neden delirir?" bunu bilmek istedim. Şimdiye kadar doğru düzgün bir neden bulamadım. Belki nedenler kümesinden bahsedebiliriz. Bize yalanlar söyleten korkular, sonunda yalanımıza dolanan esas kendiliğimiz, bir nevi çocukluğa geri dönüş bu delilik. Sorumsuz, küçülen eylemler, normal dışı sayılan düşler, idimizle oynadığımız köşe kapmaca belki. İnsanın aslına geri dönmesi deliliktir, dedim yüksek sesle. Etrafımda kimse var mı diye bakındım kantine doğru yürürken.

***

Annemin fotoğrafını eski bir ansiklopedi arasında bulmuştum. Şeri görünce benden çok sevindi, elimden alıp hemen fotoğraf albümüne koydu. Sende kalsın, bu senin annen, demedi. Ben de bir gün gizlice alıp okulun arkasındaki fotokopicide çoğalttım. Gülüşüne bakmak için, her gece uyumadan önce ona günümü anlatır, sonra da hesap sorardım. 'Neden yaptın?' sorusuna hep aynı cevabı verirdi. 'Olsun' diyordu gülüşü, 'olsun boş ver', deyip kahkahayı basıyordu fotoğrafta. Zavallı, derdim içimden, derdi eskimeden geçmiş kendinden. Hayatında sevmediği çok şey varmış, ne var ki bir bilen yokmuş. Belki işini sevmedi, belki de babamı, yaşadığı yeri yahut babamın ailesini, kim bilir belki beni... Belki de istenmemiştim, babamın beni yanına almadığına bakılırsa öyleydim. Öyle olsa zorla evlenmiş olurlardı, ama öyle olmadığını defalarca kez Şeri'den dinlemiştim. O sırada kantindeki otomattan sade kahvemi almış, boş bir masaya oturmuş, masadaki aylık magazin dergilerini karıştırmaya başlamıştım. Derginin ortasından rastgele açtığım sayfada gözüme çarpan ilk kelime 'Herzlos' yani kalpsiz oldu, cümle tam olarak şöyleydi: "Tüm korkaklıklar, yeterince sevmemekten." Yazının başlığıysa sanırım 'Herzlosigkeit'tı (Kalpsizlik). Düşüncelerime, uzay boşluğundan hakiki bir işaret sıçramıştı. O an olmam gereken yerdeyim, diye düşündüm. Evet, dedim kendi kendime, evet, babam annemi gerçekten sevseydi, yalnızlıktan korkup kendini asmazdı. Zavallı kadın, bu annem oluyor, beni gerçekten sevseydi... Şeri, "Büyü yaptılar annene, ne olduysa birden oldu, yoksa deli meli, kendine kıyacak kadar da değildi" derdi beni avutmak için. Kendine kıyma büyüsünü kimin yaptırabileceğini çok düşündüm, bir sonuca varamadım. Belki bir kara sevdaya düşmüştü, bu da kara büyüdendi, diye her sene başka bir büyüye inandım. Delilik, başlı başına bir kendine büyülenmeydi, sonradan anladım.

Düşüncelerim birbirini kovalarken, birden Şeri'nin yanındaki o küçük canavar gözümün önünde belirdi. "Git buradan napıyorsun, seni baş belası" deyip kahvemden bir yudum bile alamadan kalktım, emekleyen çocuğun peşine takıldım. El kadar şey, ben hızlandıkça ayaklandı koştu. O kadar büyümüş mü, diye şaşırdım. Saçları kapkara, kime benziyor bu, diye söylendim. Saç uçları hırkasının omuzuna değiyor, değince de incecik telleri havalanıp tutam tutam ayağa dikiliyordu. "Dur!" diye bağırmaya başladım arkasından. "Dur yoksa çok fena olacak!" Aldırış etmiyor, üstelik bir de kahkaha atıyordu. Koridorun sonundan köşeyi dönüp gözden kayboldu. Yok artık, elimden kaçamaz deyip köşeyi döner dönmez üstüne atılmayı geçirdim aklımdan, bir iki saniye içinde de düşündüğümü yaptım.

Büyük bir sarsıntıyla yere düştüm. Başımı kaldırdığımda, kolumdan asılan, beni yukarı çekiştiren beyaz kepliler, iyi olup olmadığımı soruyorlardı. "Onu gördünüz mü, küçük bir çocuk vardı burada?" diye sorduğumda birbirlerine bakıp gülüşmekten başka bir şey yapmadılar. Ellerinden kurtulup üstümü silkeledim, "Tamam işinize bakın," diye hemşireleri gönderdiğimde hepsi de yeni bir dedikodu eğlencesi buldukları için zevkten dört köşe sırıtıyorlardı. Orada olduğuna emindim, tek başına oraya nasıl geldiğini bir türlü çözemedim. *Senin olandan kaçamazsın.* O benim çocuğum değil, ben doğurdum diye benim olamaz! *O senin bir parçan, kendin söylüyorsun işte, sen doğurdun.* İstemeden, istemedim diyorum, istemeden...

Oradan hızla uzaklaştım, ses arkamda kaldı yahut kısa bir an için ben öyle sandım. En son sabah vizitine girdiğim hastanın odasına gittim. Odada o caniden başka kimsenin olmadığını gördüm. *Bu hayatta yapacağın en büyük iyilik olacak,* diyordu o an ses. Hiç acımadan çocuklarına kıyan bir katil, onu hapishane yerine hasta diye buraya sevk edenlere, içimden teşekkür edip serumunun içine cebimden çıkardığım sıvıyı enjekte ettim. Kadınla göz göze gelmeden oradan ayrıldım. Kafam allak bullak olmuştu, o günah tohumunu hatırlamak canımı sıkıyordu. Dalgın dalgın tüm bunları düşünerek yürürken, koridorun sonunda hasta kabul hemşirelerinin yersiz fısıldaşmaları kulağıma çalındı, ama dediklerinden zerre bir şey anlamadım.

"Ne geveliyorsunuz aranızda?" diye çıkıştım hemşirelere dönüp.

"Hangi çocuk, nereye gitti, diye onu diyorduk."

İçlerinden biri sırıtmasını kesip cevap verdiğinde, hâlâ ciddiye alınmadığım için kafamdaki gerilim sesime sıçrıyordu.

"Sordum mu size?"

"Tabii Frau Canik, sordunuz az önce, 'çocuk nereye gitti?' diye sordunuz, dediğimiz gibi gerçekten kimseyi görmedik."

Aklım iyice karışmıştı, onlara belli etmeden durumu toparlayıp yoluma devam ettim. Sağır olduğumu sanmış olacaklar yahut daha da beter beni hepten yok saydıklarından, arkamı döner dönmez fısıldaşmalarına devam ettiler, onları tam olarak işitebiliyordum. Birinin söylediği şu cümleyi aklımdan çıkaramadım "Kendininkini bırakıp görünmez çocuk aramaya başladı." Dönüp "Sana ne?" diyecek oldum, sinirlerimin ellerime geçmesinden korktum. Ellerime geçmesi an meselesiydi. Bu beyaz kepli mübaşirleri elimden kimse alamayacak, diye düşünüp arkamı dönmedim. Bile bile, yok canım yanlış anladın Canik, diye kendime yalan söyledim. Yoksa geri dönüp alaycı şıllıklardan birini gebertecek yahut fena benzetecektim. Gözlerim yalan söyleyecek değildi, o küçük kızı bu klinikte daha önce de görmüştüm. Ayrıca kendi çocuğuma ne yaptığım yalnızca beni ilgilendirir, başka kimseyi değil, diye içimden öfkeme haklı gerekçeler uydurdum.

Canavar annenin odasının önünden tekrar geçerken bir an kendimi tutamayıp içeri girmeyi düşündüm, kendini bu denli zavallı, iğrenecek duruma sokan birine zerre acıyamazdım, sayemde bir an evvel her yanı felç kesip acı içinde kıvranarak öleceğini düşünüp rahatladım. Bu düşüncelerle öğleden sonra paydos saatime dek raporlarımı temize çektim, yazdıklarımı kaydedip üstümü değiştirdim. Çekmeceden beyaz bir kâğıt aldım, yazmaya başladım:

Ben Naomi Canik, (13.09.1980, Ağlasun doğumlu) psikiyatri asistanı olarak çalıştığım hastaneden kendi isteğimle istifa ediyorum.

Günlerdir işe gönülsüz gelmemin, hastaları iyileştirme

zırvalığının ardından aniden aldığım bu karar, beni dünyanın en özgür insanı yapmıştı, tabii birkaç saatliğine. Sonradan anladım. Binadan çıktığımda öğleden sonra dörde geliyordu. Sabah olanın tersi bir hâl içindeydim, bu kez canım eve erkenden gitmek istemiyordu. Suzi'yi epeydir aramadığımdan biraz mahcup bir kısa mesaj gönderdim. Ne var ki bu, o an nereye gideceğimi düşünmem için kendime sunduğum küçük bir zaman kazanma manevrası, belki de sokakta yalnız değilmişim gibi telefona uzanarak insanlardan kaçma biçimimdi. Hoş, etrafta dolanan insan da yoktu. Suzi'den ses çıkmıyordu.

Suzi'yi asla bir hafta önceden haberdar etmeden görüşemezdim, oysa beni çat kapı eliyle koymuş gibi bulan, düştüğüm yerden kaldıran iki insandan biriydi. Suzi hep koştuğundan, planlı yahut engebeli koşu demeliyim, yani sosyallikte tam bir primadonna olduğundan, ona yetişmem mümkün değildi. Suzi'nin resmî tatillerde hangi ülkelere gideceği, kaç gün ve hangi otellerde kalacağı, hangi müzelere, millî parklara uğrayacağı, kimlerle görüşeceği en az bir yıl önceden belirliydi, tıpkı günün hangi saatinde hangi meyveyi yiyeceği, öğlen üçten sonra asla kafein, tein içeren içecekler tüketmeyeceği yahut hafta içleri akşam saat onda uyuyup hafta sonları gün doğana dek sınırsız partileyeceği gibi. Tüm bunları sırayla düşünürken yorulduğumdan, Suzi'den gelecek mesajı beklememeye karar verdim. Kimsenin umurunda değildim. Onların her dakikası özel, hatta milyon dolarlıktı, oysa benim ihtiyacım olduğunda ne hüznümü ne sevincimi paylaşabileceğim biri vardı. Otuz küsür yıllık hayatımda en iyi bildiğim şey görünmezlikti. Demek benim varlığım gayriciddiydi. Suzi'nin aşırılığına kızıp kendimi yola vurmuş, yürümüş yürümüştüm. Nehir kıyısında eski Berlin Duvarını yaran Oberbaumbrücke köprüsüne geldiğimi rüzgârın sert değişiminden anladım.

Ne kuşlar ne ölüm ne sevgi ne yokluk, hiçbir şey düşünmeden yürümek, bu iyi gelmişti gelmesine de ayaklarımda tuhaf bir gıdıklanma dolaşıyordu. Bin kollu şehir bana kollarını açınca, kendimi rüzgâra bıraktım, göğe uzanan ince uzun kollar, sağa sola sallanıyor, eğilip bükülüyor, çok uzaklardan bana "Gel gel" diyorlardı. Batı bloğunun görece alçak binalarından arta kalan açıklıkta görünen canavar kolları, onlarca metre uzunluğundaki Götterbaum yani Tanrı ağaçları olsa anlardım. Ama değildi. Bana kalırsa Tanrı'nın kollarıydı onlar. Köprüde sadece karşıya değil, yeni bir boyuta geçtiğimi biliyordum. Aşağı bakmadan yürüyordum, çünkü aşağı bakmak ölümdü. Gökyüzündeki Tanrı ağaçlarının şarkısını dinliyor, danslarıyla büyüleniyordum, "Bu bir kavalcının ıslığı" dedim kendime göğe bakmış yürürken. Olur da aşağı bakarsam, durduk yere köprünün nehre olan yüksekliğini hesaplayacak, böylelikle köprüden düşme hızımın ölümcüllüğünü değerlendirecek, es kaza aşağı düşüp ölenlerin bile isteye atlayıp kurtulanlara oranını bulacaktım. Bu kaçınılmazdı, kimilerince takıntımdı, bence hakikatin ta kendisiydi ve ondan kaçamazdım. Ölümcül ihtimaller durmadan sesleniyordu. Bunun yerine beni çağıran gökteki kollara baktım, yaklaştıkça kısaldılar, kısaldıkça büyüdüler, karşıya geçince kayboldular. Şehrin meydanına doğru kalabalıklaşıyordu sokak, kalabalığa karışmadan nehir tarafından yürümek istedim, orası da aynı yoğunlukta olunca bulabildiğim en tenha çimenlikte durdum. Ayaklarımda tam kavrayamadığım bir şeyler oluyordu, gıdıklanma yerini gittikçe karıncalanmaya bırakıyordu.

Hızla insanlardan kaçmanın telaşından, etrafta neler olup bittiğini kaçırdığımı düşündüm. Yolun ortasında durmamla, saçları kar beyazı, yaşlı bir kadının önüme bisikletinden aşağı düşmesi bir oldu. Ona yardım etmek istedim, ancak ben davranana kadar üç kişi, kadını yerden kaldırmıştı bile. Olanlar karşısındaki yavaşlığımı düşünmeye başladım bu kez. Tam kaçan küçük kızı yakalayacakken bir türlü ona yetişemeyişim, tam sevecekken yok olanlar, tam çözecekken dolaşan ipler, en dibe dalmalarım... Yavaşlıktan kaybedilenler listesini daha fazla uzatmadan, bisiklet yolundan çekilip bir ağaca yaslandım, ağacın yosunlu tarafından iğrenip kuru kısmını seçtim. Kafamı kaldırınca yürüyen yüzlerce insan gördüm. Önlerinden birkaç motosikletli polis ve sayısız gazeteci, ellerinde tuvalet fırçaları ve turuncu pompalar, ağızlarında siyah bantlar, alkışlarla yürüyorlardı.

Öfkeleri yüzlerinden okunuyordu. Neye öfkeli olduklarını anlamak için kartonlardaki yazılara baktım, "Mavi Ceketlilere Hürriyet!" Bu bir şey açıklamadı, üstelik yürüyenlerin ekserisi gri ceketliydi. "Karma Hayat, Kahrol Bayat!" Bu da göstericilerin hangi görüşten olduğunu anlamama yetmeyince, kortejin durakladığı noktadaki iki gencin konuşmalarına kulak kabarttım. Biri ağzındaki bandın, çatlayan dudaklarını zar gibi soyduğundan yakınırken, diğeri köpeğinin yeni kazağını gösteriyordu. "Hani Pub'a gidecek paran yoktu? Bu tüylü kazağı nasıl aldın?” “Hakkım olanı sessizce aldım, çıktım.” “Çaldın mı lan?” deyip arkadaşının omzuna tek yumruğuyla şakadan dokundu. Karşılıklı gülüşmelerinden, böylesi adi bir hırsızlığın küçük bir devrim yapmışçasına hoşuna gittiklerini gördüm. Bu pasif direnişçi gençlerin isyanı, anca Eugennstraße’deki en ikonik mağazada çalışan zavallı bir tezgâhtarın bir aylık kazancının kesilmesine sebep olmuştu. Mal çalındığı sırada reyon sorumlusu olan bir kızcağız canlandı kafamda, köpek kazağından daha az maaşı olan bir işçi. Patronun tek celsede cezasını kestiği biri. Kimsenin görmediği, kazara çarpıp özür dilenmeyen biri. Böylece işten kaytarıp hırsıza göz yuman diğer tezgâhtarlara da ibret olsun diye verilmiş bir ceza. Muhabbetleri bir yere varmayınca, sessiz kalabalığın içine girmeden, geldikleri yöne, kalabalığın azalan kısmına doğru yürüdüm. Arkalarda yürüyenlerin profilleri değişiyordu. Birden her birinde sakal olduğunu fark ettim. Korkunç görünüyorlardı. Tuttukları pankartlar, çıplak oyuncak bebeklere dönüştü. Hepsi sakallarını avuçlayarak bana bakıyordu. Bir elleri sakallarında, bir elleri penislerindeydi. Bir iki böğürtüden sonra hızla ilk gördüğüm yan sokağa girdim. Koşabildiğim kadar hızlı koştum. Soğuk terler enseme yapıştığından bir süre titreme geçirdim.

Tekrar kendime geldiğimde, durmadan cebimden çıkardığım telefona bakıyor, Suzi mesajıma cevap yazmadığı için endişeleniyordum. Bu sırada ayaklarımı neredeyse hissetmiyordum, uyuşmanın nedenini düşünemeyecek hâlde olduğumdan, hâlâ aşağı bakmaya direniyordum. Fırsat kaçırmakta yavaştım yavaş olmasına da sevmediğim şeylerle karşılaşınca bir o kadar da hızlıydım, en azından tekrar yakalanmayacak kadar hızlıydım, diye düşündüm. Nehir boyunca alabildiğine yürümüş, bu uyuşma hissini ve iğrenç kalabalığı geride bırakmıştım.

Meydanda, Heilig Dom Kilisesi'nin karşısına gelince durup bir sigara yaktım. Yılın ilk karı sepelemeye başlamıştı. Henüz alacakaranlık olduğundan bulanık bir renk karmaşası vardı havada, bana öyle geliyordu ki, Sahra çölünden gelen pembe toz bulutunu dağıtmak için biri göğün tepesinden çilekli pudra şekeri serpiyordu. Bu pembe tozdan gözlerim kamaşıyor, sürekli gözümü ovalıyordum. Kaşıntıyla yanan sağ gözümden aralıksız yaşlar boşalıyordu. O sırada yaşlı bir adam, soğuğa aldırmadan oturduğu döner sandalyesinde Sovyetlerden kalma parkasının yakasını kaldırarak, önündeki satranç tahtasında atını b6'dan a7'ye koydu. Bir an duraksadıktan sonra rakibi hiddetle tabladaki taşları devirdi, Pechvogel (kötü şans) deyip oyunu terk etti. Hemen ardından seyircilerden biri boşalan tabureye oturdu, kalabalığın önünde olmasından mı, yoksa kendinden emin ilk yedi hamlesinden dolayı mı bu kadar heyecanlıydı, tam anlaşılmadı. Her hâlinden satranç gurusu olduğu sezilen Sovyet parkalı yaşlı adam, piposunun dumanını avucuna tutarak ısınıyor, düşünürken geçen sürede dumandan yanmamak için çabucak yeni bir hamle bulmaya çalışıyordu. Aynı anda iki rakip, aynı anda şah mat.

Her a7'de aklıma gelen annemin çocukluğu, evet, belki dehamı da ona borçluydum. Bu kafayla elbette hemşirelerin küçük görme oyunlarını aşabilirim, diye düşündüm. Yok, çıkaramıyordum, bir türlü aklımdan çıkaramıyordum, daha arkamı döner dönmez hakkımda ileri geri konuşan hemşirelerin terbiyesizliğini kaldıramıyordum. *Duymazdan gelmenin çare olmayacağını anladın, Bravo Frau Canik!* Hıh, pusuda bekliyorsun ya, konuş! *Çarpıtma canım, sen açtın konuyu.* Çık aklımdan seni şeytan! *Ne dediklerinden emin olmak istiyorsun, haydi amaa!* Seni duymayacağım, dinlemeyeceğim…

Evet, evet doğru duydun, tekrar etmeye çekiniyorsun, çünkü gerçek olmasından korkuyorsun! Nesin sen bilirkişi mi? İstersem seni yok ederim. *Dene tabii canım, biraz kendini hırpala!* Ben deli değilim, tamam mı?! *Hahahhaha öyle bir şey demedim ki ben!* Saçmalama, onu kastettin işte, salak mı var karşında! Deli değilim dedim, ben deli değilim, o hemşireler delirmiş asıl, akıl hastalarıyla düşüp kalkmaktan delirmişler işte! *Dönüp dolaşıp benim dediğim yere geleceksin. Senden nefret ediyorlar, tıpkı senin onlardan nefret ettiğin gibi.* Öyle mi diyorsun? Başından beri kendimi kandırdım, herkesle iyi geçinmeye çalışmaktan bıktım, zoraki gülmekten bıktım, kimseyi istemiyorum bundan sonra yanımda, zaten beni kim ne yapsın, diye kendi kendime konuşurken alnımın ortasına sert bir cisim geldi. Duruma ayıldığımda karşımda üç beş serseri çocuk duruyordu. İyice yaşa boğulmuş sağ gözümden yüzlerini tam seçemiyordum. Yüksek sesle bana bakarak gülüyorlardı. "Uyur gezer herhalde, bak, yeni görüyor bizi" dediğini duydum içlerinden birinin. Kafamdaki sesle ulu orta kavga ettikçe, başım böyle beladan kurtulmayacaktı. Meydandan geçen insanlar, dik dik bakıyorlardı bana. Serserilere günlerini gösterebilmek için var gücümle bağırdım, sıkıyorsa şimdi söyleyin, deyip cebimdeki çakmağı çıkarıp yaktım. Çakmağı yüzlerine doğru savurunca, bir saniyede yok oldu iğrenç yaratıklar.

Oradan hızla Kral bilmem kaçıncı Friedrich heykelinin çaprazındaki kitapçının önüne gittim. Külden sigaramı atıp yenisini yaktım, ayaklarıma artık bıçak batırıyorlardı. Acı içindeydim, yürümekte ciddi derecede zorlanıyordum, fakat ne olursa olsun aşağı bakmaya niyetim yoktu.

Çıplak meşeler, binalardan yüksek, düzinelerce meşe ağacı, ışıl ışıl dükkânlar boyunca kapalı yolda sıralanmıştı. En yakınının altındaki koruma demirinde oturabileceğim bir alan gözüme kestirdim, oturur oturmaz sigaramdan bir nefes alıp meydanı gözlemeye başladım. Telefonum avucumun içinde, avucum da paltomun cebindeydi, bu süre boyunca bir kez sigaramı yakmak için on saniyeliğine elimden bırakmış olacağım, onda da sesini duyardım. Sonra dış ses gürültüsünden duyamayacağıma ikna olup dakika başı telefonuma bakmaya başladım.

Aslında Suzi'den değil, herhangi birinden bir dürtülme isteğiydi bu. Hayatta olduğumun belirtisi, birilerinin bana ihtiyaç duyması belki, iş dışında bir yaşam kıpırtısı. Yok, kimsem yoktu. Kimsenin bana ihtiyacı yoktu. Acaba gerçekten bu hayatı yaşıyor muyum, diye düşünürken hemen arkamdan bir kadın çığlığı duydum. Amfi sistemiyle tek başına şarkı söyleyen siyahi bir adamın önünde, bir itişme yaşanmaya başladı. Şarkının yarıda kesildiği yetmezmiş gibi tüm patırtı, kadının cırtlak sesi mikrofondan tüm sokağa yayıldı. Bankacı tipli, şişko sarışın, cırtlak sesli bir kadın kalabalığın içinde ateş püskürüyordu, "Çantamı çaldılar, hırsız var, imdat, polis yok mu, siz yaptınız, biliyorum, bırakmıyorum kolunu, geri getirene kadar benimle buradasın" diye durmadan bağırıyordu. Bu sırada, siyahi genci rehin almıştı. Gencin kolunu tutup sarsıyordu. Kalabalık, sanki orada yokmuş, aralarında cam bir bölme varmış gibi istifini bozmadan olan biteni izliyordu. Kadın çıldırmış gibi oraya buraya saldırıyor, izleyicilerinin acıma duygusunu harekete geçirmeye çalışıyordu. O sırada arkadan gelen başka birinin kadının omuzuna dokunup onu sakinleştirdiğini gördüm. Sonrasında şişko kadın bu gelen kişiye sarıldı, bu kez yüksek sesle ağlar gibi "Nasıl teşekkür edeceğimi bilemiyorum size, demek çantamı kitapçıda buldunuz, her şeyim bu çantadaydı, nasıl minnettarım… Kesin alıp oraya götürmüş bu hırsızlar" deyip bu kez tuhaf sesler çıkararak belli ki sevinçten ağlamaya başladı.

Kolu hırpalanan genç serbest kalıp şaşkınlığına aldırmadan yeni bir şarkıya geçerken, şişko kadın arkasına bakmadan alandan uzaklaştı. "Bazı insanlar gelecek için yaşar, bazıları ün, bazıları güç için, bazıları da sadece oyun oynamak için yaşar, bazısı düşünür, maddenin içinde ne olduğunu tanımlar, bunalıncaya dek daha önce bulunduğu yerleri düşünür, bazısı da tamamen yüzeysel düşünür… "Some people live, some people think, some people want, some people search…" Şarkı bana söyleniyordu, buradaki bunalıncaya kadar düşünen insan ben oluyordum. Gözümden istemsiz yaşlar süzüldü. Sigaramı düşürmeden bitirebildiğim için şanslı olduğumu düşündüm. Bu his iki belki üç saniye sürdü, sürmedi. Sonra cebimdeki astarın yırtıldığını hatırladım. İki avroyu deliğe kaçırmadan, sokak şarkıcısının önüne attım. Bu defaki hareketin hızına sevinecek gücüm yoktu. Şu oyalanıp oyalanıp bir an sevindiğin şeylere bak! Nasıl aciz, nasıl aşağılık biriyim, daha da dibe, en dibe düşüyorum, dedim kendime. Bir saniyeden kısa bir an, para yerdeki gitar kutusuna düşene dek kasvet yerden üzerime, benden de yeryüzüne doğru yayıldı.

Arkamı dönüp ağacın altındaki demire otururken, gelene geçene para dağıttığım için bu ay kiramı ödeyemeyeceğim, diye düşünüp korktum. Korku boğazımı sıktı. Kalbim, koca bir oyuktu, oyuktan bakınca karanlık bir mağara görünüyordu. Bu oyuğun bana nasıl bu kadar ağırlık verdiğini hesaplayamıyordum. İçi boş karanlığın, göğüste taşınmayacak kadar ağır olduğunu duydum. Kalbimin oyuğu, kafamdaki kötücül seslerden daha ağırdı. *Sen işsizsin, üstelik çürük bir işsiz, hiçbir işte çalışacak gücün yok!* Yok mu? Sahiden! Gerekirse dilenirim! dedim kafamdakine. Böyle söylerken kendimden öyle çok emindim ki, sesim kulaklarımda çınlamasını yitirince, bu kez söylediğime nasıl inandığımı kendim bile anlamadım. Sigaramı içerken acizliğimden tiksindim.

Alanda tek başına duran bir adam gözüme çarptı, adam gelen geçen yığınla insan yumağının arasında, dimdik, kıpırdamadan duruyordu. Geldiğimden beri orada, direk gibi dikilmesinin sebebini merak etmiştim. Sırtında parkasının üzerinde mavi parlak bir örtü vardı, bununla gücünü yitirmiş, emekli bir süper kahramana benziyordu. Adamın gözlerinin çekikliğinden Asyalı olduğu anlaşılıyordu, ne var ki hangi ülkeden olduğunu bilmeme imkân yoktu. Sonuçta Uzak Doğuluların bile birbirlerinin nereli olduklarını ayırt edemediklerini, kendi içlerinde tuhaf bir eşitliğin hakim olduğunu düşündüm. Adamın Uzak Asya'yla bağının beş kuşak önce kesilmesine rağmen hâlâ bunun izlerini gözlerinde taşıması, kimsenin kaderinden kaçamadığı bir dünyada yaşadığımıza delaletti.

Bu esnada sürekli telefona bakmaktan son bir titreşimle telefonun şarjını bitirmeyi başarmıştım. Acaba Suzi aradığında mı kapanmıştı, yoksa kapanış titreşimi miydi, diye düşünürken, çekik gözlü adam arkasını döndü, o sırada sırtındaki bezin bir bayrak olduğunu anladım. Adamın yanına iki polis geldi. Polisler kimlik sormuş olacak ki adam cebinden cüzdanını çıkardı, uzun uzun bir şeyler izah etmeye başladı. Muhtemelen izinsiz gösteriden uyarılıyordu. Çekik gözlü adamın hemen yanında, ellerinde laptoplarla, dört beş gencin oluşturduğu etten bir çembere kaydı gözüm. Yoldan geçenlere seyrettirmek için tuttukları ekranlarda görüntüleri zar zor seçebiliyordum. Hayvan çiftliklerinden işkenceyle, yerlerde sürüklenerek götürülen hayvanların mezbahaya varmaları, kopan ön arka ayaklarından geriye kalan kısımlarının, tüketilmek üzere vahşice parçalanması gösteriliyordu. Devasa pankartlara fosforlu yeşil harflerle yazılanlardan anladığım, meydanın ortasında saatlerce ayakta duran insanların, temiz beslenmeyi teşvik ettikleriydi. Eylemlerini yeşil bitkilerin faydalarını göstererek değil, işkence videoları göstererek yapıyorlardı. Bağırsakları asfalta yapışan domuzları seyrettikten sonra canım çıtır çıtır domuz kavurmalı hamburger çekti. Polisler mavi bayraklı adamı tutup götürürken, leş pankartlı yeşil beslenme grubunu selamlayarak önlerinden geçip gittiler.

Sarayın, yani eski sarayın demeliyim, yeni parlamento binasının olduğu yönde, bir avlunun siyah demirden kapısının önünde bir ses işittim: "... Ne mutlu gebe kalmamış rahme ve süt vermemiş memelere..." Sesin başı sonu vardıysa da benim tek duyduğum ve aklımdan kazınmayan cümle bu oldu. Var gücüyle bağırarak şiir gibi bir şey okuyan adamın, ne diye bu sözleri sarfettiğini anlamak için biraz yakınına gittim, cebimdeki parçalanan kâğıt mendilleri çöp bidonuna atma bahanesiyle yanına yaklaştım. Kafası kat kat bezle sarılı bir adam, Hamlet'ten bir tiradı acıklı sesiyle, gözleri kapalı okuyor gibiydi. Gözlerimi kısıp adamın önünde duran kartona baktım. Thomas'ın İncilinden vaazlar veren bir Hindu olduğunu anlayıp ayaklarımı sürüye sürüye köşeme çekildim. Bakireliğin kutsallığını çiğnedim, cezası da bu ağırlık, parça parça düşüncelerdi. Bunu hak ettim, dedim kendime. Kalabalığın sesi kulaklarımda gitgide sinek uğultusuna dönüşüyordu, gördüğüm curcunaya güç bela odaklanınca içlerinden bir iki sözcük anca seçebiliyordum. O sözcüklerin çözümlemesini yaparken bir sonraki melodiyi yahut cümleyi yakalayamıyordum. Uğultunun içinde bir zonklama, zonklamanın tekrar eden cümlesi, "Mutsuz gebeler ve sütsüz memeler..." Cinsel arzularım, Tanrı'nın kudretinden baskın çıktı, bu cezayı ben hak ettim, dedim yine kendime. Annelik bedbahtlık, annesizlik talih, anne yok, süt yok... Yok işte yok, rahminden çıkan da yok, sen de yoksun. Hayvanımı tımar edemediysem, ona binip yarışmak zevkine ereceğim içindir, deyip kötücüllüğün kaderine boyun eğdim.

Bir düzine insanın yanıma yaklaşmasıyla sesler kısa da

olsa kesildi. Bana doğru gelen, yanan bir kavanoz gördüm önce, şeffaf, renksiz camdan. Adımlar iyice yaklaşınca görüntü netleşti, gaz lambasını tutan adamın üstünde eski zamanlardan kalma eciş bücüş, kara bir pelerin, başında tüylü, geniş siperli bir şapka, altında burnu kıvrık deri pabuçları, bir de beline bağlı urgan bir ip vardı. İpte deriden bir para kesesi asılıydı. Zamanda yolculuk eden bu gece bekçisini bir süre izledim. Çoğunluğu yerli turist, güneyden gelen Almanlara meydanın tarihini anlatıyordu. Sesini çatallaştırarak yüksek perdeden, çeşmeden akan suyun Meryem'in gözyaşı olduğundan bahsediyordu. Sonra sırayla öne çıkanlara avuç avuç akan sudan içmelerini öğütledi. Ortaçağdan gelen bu tuhaf adam, "Gözyaşı" derken abartarak ağlıyormuş gibi yapıyor, sudan içip "Ölümsüzlüğü buldum" derken de çıldırmış gibi kahkaha atıyordu. Bu kısımlarda rol mü kesiyordu, yoksa hakikaten kendinden mi geçiyordu yahut ben mi durumu abartıyordum anlayamadım. Suya dönüp gözlerini belerterek "Görüyorum görüyorum" deyip turistlerden ikisini birbirine yamamaya çalışıyor, bir taraftan da birkaçını gözüne kestirip özel hayatlarıyla ilgili tahminde bulunuyordu. Beş asır önce olsaydı, su falı bakmaktan diri diri yakılacak olan bu rehberin ağzını yaya yaya konuşmasını dinlemek, geçen birkaç asırda insanların birbirlerine gitgide daha tahammüllü olduğunu düşündürüyordu bana. Sigaramdan bir nefes daha çekerken, yayvan ağızlı büyücünün gözlerini suya düşürdüğünü sonra da fark etmeden sudan kana kana içtiğini gördüm.

Ya aklımı sahiden kaçırıyordum yahut adam ekmek parası için hem turist rehberliği hem de cadı kılığında şarlatanlık yapıyordu. Diğerleri gülüp eğlendiğine göre, belli ki bu herkes tarafından olağan karşılanan bir durumdu. Aslında bir turist rehberinin iki işi birden yapması, yani esas görevinin yanında soytarılığa soyunması pek delilik sayılmazdı. Ancak tarihte yaktıkları insanların ağzından tarih anlatmak, dikkat çekmek için oldukça ilginç bir eylemdi. Modern cadıların neye benzediklerini aklıma getirmeye çalıştım, aklıma devlet başkanlarından başka bir şey gelmedi. Seçilene kadar danaya kombinezon giydiren liberaller, tahtlarına çıktıklarında köktenci 'Küçük Tanrı Krallar'a dönüşür en nihayetinde. Firavun'un Osiris'e dönüşmesi gibi, ölümsüzlüğe erişirler.

***

Şimdi yattığım klinikteki izbe odaya bakıyorum. Az önce geldiklerinde, gömlekle beni bağladıktan sonra, ayaklarımı da genişçe bir kemerle yatağa sabitlediler. Öyle kaşınıyor ki! Elim kolum bağlı, ayaklarımı kıpırdatamadığım için bir üşüme geldi, geçmek bilmiyor. Şu yeniyetme asistan başımda dikiliyor. "Madem beni tanıyorsunuz, sözüm hiç mi geçmez" diye soruyorum. "Ayaklarım kopacak, kemeri biraz gevşetseniz?" Kendi kendine bir şeyler geveliyor, "Az önce hemşireye yaptıklarınızdan sonra emin değilim" diyor. Tam bir mal... "Asistandan çok bir asker gibisin, kusursuz bir itaatkâr" diyorum. Neredeyse bana acıyacakken, onunla didiştiğim için uysal hasta güvenirliğim kayboluyor. Kaşınıyorum, evet. Buradan çıkmanın iki yolu var. Biri boşluk yani cinayet zanlısı sayılmadan salıverilmem, diğeri bir katil olarak cehenneme kısa yoldan geçiş. Bu ikilemi düşünmeyi durduramıyorum. İkisi de boğazımı darlıyor, nefes alamıyorum. Üçüncü bir yol olmalı! Bu cüce nasıl öldü? diye soruyorum içimden kendime. "Hatırlama hapı istiyorum" diyorum. Asistan gülümsemesini saklamak için bana sırtını dönüyor. Sonra kulağıma bir şarkı çalınıyor:

Gezen kadın,

Bir süre uzaklaşıyor,

Ta ki gece bitinceye dek,

Ben onun yolunda sadece bir durağım,

Aşığı olmadığımı biliyorum.[6]

***

Şehirde kaybolarak gezindiğim o geceye geri dönüyorum. Grup uzaklaşırken, arkalarından yürümek istediysem de ayaklarım buna engel oluyor, peyderpey ağırlaşmış iki çimento kalıbına oturtulmuştum. Ayaklarımı şimdi sürümeye başlasam gece yarısına dek eve anca varırım, diye düşünüyordum. Ağır adımlarla asfalttan tabanımı kaldırmadan yola devam ettim. Kapalı yaya yolunu, küçük bir araç yolu bölüyordu. Karşıya geçmek için zebra çizgili yaya geçidine doğru ilerlerken epey yakınımdan biri geçti, gülünce floresan çakan dişleriyle esmer bir adam, nefesini yanağıma üfledi. Geçerken de aynı anda İngilizce "İyi akşamlar" dedi. Aksanından belki de paltosunun yamalarından, Arap Baharı'ndan yahut Afrika kolonilerinden kaçan bir sığınmacı olduğu anlaşılıyordu. Tam olarak

---

6 Traveling lady, stay awhile/ Until the night is over/ I'm just a station on your way/ I know I'm not your lover (Leonard Cohen).

hangisiydi, emin değildim. Yola adım atacakken, arkamı dönüp bu cibiliyetsize bakakaldım, aklımda ne çocukluğum ne işsizliğim vardı. Bakışlarımı ondan ayırmayınca, gittiği yönü değiştirip yanıma geldi. Önüme dönüp yoluma devam ettim, benimle aynı hizaya gelince, hiç ses etmeden bir süre yan yana yürüdük. Adam gülünce floresanlar çakıyordu, Hint aksanını andıran İngilizcesiyle bir şeyler geveliyordu. Ne dediğini anlamadığım hâlde başımı sallayıp söylediklerine tebessüm ettim.

Duyabildiğim Rachmaninoff'un 'Ölüm Adası'ndaki yaylılarıydı, kafamda minorlar, opuslar, kemanlar geziniyordu. Aralarda radyo frekansı kayar gibi cızırtılar oluyor, sonra erkek mi kadın mı ne olduğunu anlayamadığım birileri komut veriyordu: *İt onu, it şu boşluktan!* Kafamdaki çoklu sesler korosu susmuyordu. Adam soru soruyor gibi bakıyordu, ağzı açılıp kapanıyor, dudakları kıvrılıp büzüşüyordu. Ne dediği hakkında en ufak bir fikrim olmasa da orta yollu baş eğmelerle cevap veriyor, biraz da zaman kazanıyordum. *İt, it, şimdi it şunu!* Kafamdaki sesi susturmadan kurtulamazdım. Saniyenin onda biri kadar bir anda aklıma geleni uygulamak, tam olarak önceden tasarlamak olmuyordu. Sonra o meşhur komut geldi: *Bu, hayatta yapacağın en büyük iyilik olacak.* Tabii ya, potansiyel sapıklardan arındıracaktım dünyayı. Birkaç saniye öncesinde planladığım yahut gözüme kestirdiğim diyeyim, noktaya vardığımızda, abartılı bir sendelemeyle adamın üzerine düşer gibi yapıp onu alt geçidin merdiven boşluğuna ittim.

Peşi sıra düşmemek için, kırık korkuluk demirlerinin ucundan tutundum. Adamın dört metre aşağı, betona düşmesiyle çığlığı kesilene kadar geçen sürede (yaklaşık 1.8 saniye olsa gerek) yerden toparlanıp ayaklarımın acısına aldırmadan hızla oradan uzaklaştım. Bir anda yaylılar gitti, yerine serin bir kış akşamı işten erken çıkanların neşeli sesleri geldi. Sigaramı keyifle yaktım, ferahlamış hissederek ilerliyordum. Kendini bilmez bir zorbaya, bu şekilde bedel ödetmekle az bile yaptığımı düşündüm, içim bir an büyük bir coşkuyla doldu. Yok! Kadına zerre hoş bakış yok!

İki dükkânın önünden geçerken, vitrinlerden birinde duran cansız çocuk mankenleri gözüme çarptı. Çocukların anneleriyle bir örnek giydirildiği saçma sapan, alacalı süslerle lunapark mı mağaza mı belli olmayan, bu son derece itici dükkânı görmezden gelip yan tarafındaki küçük sanat galerisinin önünde durdum. Galeri kapısında, açılış saatleri asılıydı, on dakika önce kapandığını böylece öğrenmiş oldum. Sonra bunun benim için hayıflanacak bir durum olmadığını düşündüm. Ne de olsa bu tip sanat atölyelerinde, eserlerin sergilenmesi esnasında aktif rolü olmayan sanatçıların, salonun bir köşesinde muhasebeci edasıyla beklemeleri, içeri giren her insanı alacaklı gibi yan gözle süzmeleri, beni oldum olası rahatsız etmiştir.

Bununla kalsa yine iyi, bu gibi sabahtan akşama dek tek bir tablo, heykelcik, el işi satamamış sanatçı esnafların, şöyle bir sanatsal görgü artırmak isteyişimi, zevksizlik, pintilik, hatta sanata teşviğe vurulan bir darbe olarak yorumladıklarını anlamak için asık yüzlerine bakmak yeterliydi. Kibirden sarkan yanaklarıyla eserlerini beğenmem için daha fazlasını olmamı öğütlüyorlardı. Her nereden kaynaklanıyorsa baktığım her yerde, içimde gittikçe yanan bir nefretin izinden gidiyordum.

Soyutluktan hiçleşen yağlı boya tabloların arasında boş bir çerçeve gördüm. Vitrin camı yansıdığından yahut içerinin aydınlatması yeterli olmadığından, tam bilemiyorum, yarı boyumda, bakır varaklı, ihtişamlı bir çerçeve karşımda duruyordu. Ne var ki, içinde görebildiğim tek şey beyaz bir bez parçasıydı. Böyle boş boş çerçeveye bakınırken, bir an sendeledim, kafamın içindeki uğultuya kulak vermemeye çalışarak, çerçevenin bana başka bir şeyi çağrıştırdığını fark ettim. Bu ne zamandır gördüğüm, bir türlü anlam veremediğim rüyamın tıpatıp kopyasıydı, belki de daha önce yaşadığım benzer bir an, gerçek mi rüya mı derken, bu tesadüfe şaşırmaktansa yeniden o an'ı hatırladığım için öfkelenmekten başka bir tepki vermedim.

Özüne yol alman hoşuma gidiyor. Ne demek bu şimdi? *Az önce yaptığın şeyi diyorum, nasıl da mutlu oldun!* Neyi ima ediyorsun sen? *Sapıkları ortadan kaldırmak canım, iyi hissettirdi, kabul et işte!* Yok öyle bir şey, ben kimseye bir şey yapmadım, en fazla bacağını kırmıştır. *İnkâr ediyorsun.* Ölse senin hoşuna gidecekmiş demek, seni şeytan! *Hahha diyene bak!* O orospu çocuğunu mu savunuyorsun bana? Bunu fazlasıyla hak etmedi mi? Görmedin mi bana ne yaptığını? *Dünyadaki tüm sapıkları yok edemezsin!* Edemem ya, esas şeytan benim değil mi? Bunu mu demeye getiriyorsun? Keşke burada bitse her şey. Kafamdaki sesi çerçevenin başında bırakıp kapalı yoldan ara sokağa saptım. Karanlık, ışıklı dükkânlar geride kalınca, yüzünü gösterdi. Korkuyordum, eve geri dönememekten, dönünce bir daha dışarı çıkamamaktan korkuyordum. Yarın ne olacağını düşünmek istemiyordum. Nasılsa yine dalıp şimdi olmayan bir zamanda, başka başka yerlere gidecektim.

***

Kışın okul çıkışı hava erkenden kararınca, tüm gün yüz çevirdiğim çocukların peşine takılır, hissettirmeden yol arkadaşı olurduk. Bir akşamüstü bizim mahalle tarafına giden arkadaşlar okula gelmeyince, korkudan okulun önündeki sokak lambasının altından ayrılamamıştım. Dünyanın neresinde olduğum fark etmeksizin, karanlık sokaklardan oldum olası hep korktum. Teker teker jipler, arabalar durdu, Alman babalar, Polonyalı, Yugoslav, Tirollü ve Türk babalar geldi, birer birer alıp götürdüler çocuklarını. Hiçbir yere kıpırdayamadım o soğukta, karanlığın içine adım atmaya alışmam da zaman aldı.

Seneler sonra Ağlasun'a bir yaz tatiline gittiğimde, babam haber göndermiş muhtarla, her çocuğun hakkı varmış kökünü bilmeye. Gün, saat, yer, kafe adı yazılı bir kâğıt verdiler elime, doğru düzgün adını sanını duymamışım, hoş, merak da etmemişim o güne kadar, ne yer ne içer neye benzer bilmem baba dediklerinin. Ondan en son bahsettiklerinde aklımda kalan, annemden ayrıldıktan hemen sonra aklı başında, sabit maaşlı bir kadınla evlenip iki sokak ötede, benden iki yaş küçük kızıyla yaşadığıydı. Elimde babamla tanışmam için bir davetiye vardı. Gönderen: babam, aracı posta: muhtar, alıcı: ben.

Kafeye gittim, ama içeriye giremedim. Dışarıdan süzebildiğim kadarıyla omuzları belli ki umutsuzluktan çökmüş, kasketli, elindeki tespihi çevirmekten aciz, belli ki bıkkınlıktan, soluk benizli, bitik bir adamdı. Sokak lambasının ışığında alnı parlayana dek baktım, "Bu adam benim babam olsun istemezdim" dedim kendi kendime. Sonra yirmi yaşımın verdiği her şeyi yapabilirmişim duygusuyla, babam olacak adamı o masada bıraktım. Davetiyeyi yırttım, ama atmadım, hâlâ durur bir kitabın arasında, hangisinin bilmem. Karanlığa yürüdüm. Gerçekten de o yaşa kadar bir babaya ihtiyacım olmamıştı. O yaştan sonra da babamdan sonraki evliliğinden olma kızlarının mutluluklarıyla yahut başarılarıyla ilgili tek sözcük duymaya tahammülüm yoktu. Yirmi yıl sonra hiç yoktan üvey bir anne, üvey kardeşler çekilecek iş değildi. Yok, olmayıversin, bir babam yoktu, olmayacaktı. Onun istediği gibi olmayacaktı. Bu kez onu terk eden ben oldum, yine de ödeşemedik.

***

Girdiğim ara sokağın kuytusunda kalakalmış buldum kendimi, çantamdan çakmağımı çıkarmak için duvar kenarına yanaştım. Karanlıkta ayak bileğime bir şey dolandı, neyle karşılaştığımı bilmeden çantamı aşağı savurdum, çanta sert bir şeye çarptı. Başıboş bir hayvansa, dedim içimden, çantayı vurdukça vurdum. O esnada bu sert cismin, Romence'ye benzettiğim bir dilde ağıt yakan bir kadın olduğunu fark ettim. Arada birkaç Almanca sözcükten "Bitte, Alles gute, Bitte…" anladığım kadının dilendiğiydi. Hırsımı alamadım, böylesine korkutulduğum için ensesine bir iki kere daha çantamı vurdum. Kadın bir süre sonra yerde baygın yatıyordu, bense öfkeden deliye dönmüştüm. Yeni yeni ayılmış, ne yapacağımı bilmez bir hâlde et-

126

rafıma bakınıyordum. Neden sonra ellerimin kızarıklığından
ne yaptığım dank edince, var gücümle koştum. Bir gören ol-
madığına emin olduktan sonra bir kafenin önünde durdum.

8.

Kafenin bulunduğu sokak artık tenha değildi. Karşı kaldırımdan kalabalık bir grubun bana doğru yürüdüğünü görünce, kafeden içeri girdim. Kapı gürültüyle açıldı, tepemde bir çan tıngırdıyordu. Çıngırağın sesine tezgâhın arkasından biri, görünmeden karşılık verdi: "Grüßgot, buyrun lütfen?" Katolik Tanrının selamını, nasıl karşılık verilir diye hesaplamaksızın hemen başımla yakaladım. Sesin sahibinin bu hareketimi göremeyeceğini düşünecek hâlim yoktu. Kapıya en yakın masaya yürürken, bir taraftan da tezgâhın bitişiğinde, camekânda duran frambuazlı pastaları, kuru üzüm gözlü ayıcıklı kurabiyeleri, en çok da baş köşedeki Viyana usulü Sacher Torte'yi süzüyordum.

Tanıdık bir ses duydum sandım masaya oturmadan, "Frau Canik? Bakayım, vallahi sizsiniz" diyen Memo'nun ta kendisiydi. Jöleli parlak saçları uzamış, ensesinde küçük bir at kuyruğu yapmış, hafif kirli top sakal bırakmıştı. Memo'ya rastladığıma şaşırmadım, bunun tesadüften öte bir karşılaşma olduğunu, onu ilk gördüğüm zamandan beri biliyordum. Nasıl olduğunu kendime söyleyemem. Yanımda Suzi olmadan karşılaştığımızdan dolayı şanslı olduğumu düşündüm, Memo'nun Suzi'ye yazacağından değil, ama Memo'yla aramızın bir şekilde Suzi yüzünden bozulacağına endişeleneceğim için belki. Şüphesiz Suzi'den daha iyi bir dinleyiciydi Memo, üstelik hemcins olmadığımızdan yahut mesleğime saygısından, sözlerime gizliden de olsa hak verdiğini, beni sadece dinlemediğini, daha ziyade anlamaya çalıştığını biliyordum. Gerçi Memo'nun yanında çoğunlukla düşüncelerimi toparlayamazdım, ama insan sessiz dalıp gitmeleriyle de karşısındakine bir şey anlatıyor olmalı, diye düşündüm Memo'ya bakarken.

Suzi'yse cepteki danışma memurum olarak sürekli direktifler yağdırır, yer yer telefonla arayıp yoklayarak üzerimdeki denetmen rolünü benimsetirdi. Memo durmadan konuşmaya başlamıştı "Ayaklarınıza ne olmuş böyle Canik Hanım, kaza mı geçirdiniz yoksa?" deyince köprüden beri sürdürdüğüm inadım geldi aklıma, tabii Memo'ya bununla ilgili bir şey anlatmadım. Oturup şöyle bir yan gözle baktığımda, işten çıkarken botlarımı giymeyi unuttuğumu, onca yolu parmak arası terliklerle geldiğimi fark ettim. Yol boyu kesik kesik duyduğum acılar, donmak üzere olan mosmor parmaklarımmış. Bunu görünce, aptal, zavallı bir mahluk olduğuma ikna oldum. Sonra hafif bir hıçkırık tuttu. Söyleyecek bir şey yoktu. Neyse ki uydurma delilikten anlayan yüceliğiyle daha fazla üstelemedi Memo, zaten bir açıklama yapacak hâlim de yoktu. Memo önce ayaklarım için sıcak bir bez bulup getirdi, sonra kalın siyah çoraplarını ayağından çıkartıp bana uzattı, aklım bir anda bizim köyün kör emmisine gitti.

***

Bir yaz günü teyzemle memlekete varır varmaz, köyün girişinde otobüsten inmiş, dolmuş bekliyorduk. Benzinliğin ötesinde büyük bir taş evden gelenler, sıcakta beklemeyelim diye bizi evlerine buyur ettiler. Hanımlar, çay ikram etme derdine Şeri'yi önlerine katıp Alamanyalardan havadis peşine dalmışlardı. O sırada evin ağzına kadar açık kapısından çoktan ölmüş, yüz yaşlarında bir dede göründü. Bu Çatalhöyük dedesini içeri gönderen bir kadın uzaktan seslendi, "Dayı, geç otur şura dinlen accık." Birinin dayısı olduğunu anladığım dedenin, ceketinin altından sarkan süveter ve gömleği gördükçe ben terliyordum. Dışarısı gölgede otuz beş derece ya var ya yoktu. Dayı, içeri geçip tam karşıma oturdu. Herhangi bir dilde karşılığı olmayan sözcük kalıntılarını, ıkınmayla sızlanma arası arka arkaya sıralayarak söyleniyordu. Bir taraftan da ileri geri sallanıyor, çoraplarını çıkarıyordu. Pencerenin önündeki sedirde oturan yüzlük dayı, karanlık bir gölgeden ibaretti, bir ışık huzmesi sofada yalnızca dedenin çoraplarını aydınlatıyordu. Bir çorap çıkıyor, bir toz bulutu yayılıyordu. Ateşten toprağın tükürdüğü engereklere aldırmadan kat kat giyinmişti. İkinci, üçüncü çıkan çoraplardan oluşan devasa bir toz bulutu kaplamıştı odayı, karanlıkta süzülen simli toz zerrecikleri, sihrin dansını arz edercesine boşlukta salınıyor, fakat bir türlü yere düşmüyorlar, hareket ettikçe daha da yükselip alçalıyorlardı. Tabii beraberinde yayılan o mayhoş koku, keçi çökeleği

130

yahut yörük tulumu kokusu genzime dolmuş, geçmeyen bir gıcığa neden olmuştu.

Çocuk hâlimle dört çiftten sonra, saymayı bıraktım. Tozların arasından bir elin bana uzandığını hayal meyal hatırlıyordum. Mayhoş kokudan mı başkaca bir alkolden mi bilemiyorum, bir süre içim geçmiş olacak, kendime geldiğimde dayının kucağında olduğumu gördüm. Ne oluyor, diye soracak oldum, dayı "Şişt" dedi susturdu. Ellerini yasak yerlerimde gezdirmeye devam ederken, bu kez anlamsız ıkınmaları dua edercesine bir ritim tutturdu. Ritim gelip giderken canımın acıması artıyordu. Bu dokunmaların benim kaderim olduğunu söylemem için henüz bildiğim kesin bir şey yoktu. Sesim çıktığınca ağlamaya çalıştım, her desibelde etimi daha çok sıktı. Sessiz ağladıkça dayı hızlandı. İçerden tahta gıcırdamasına benzer bir gürültü duydum, bu benim kurtuluşumdu. Sesim neredeydi bilmiyordum ama dayı gürültüyü duyunca beni kucağından itti.

Gelen giden olmayınca yine yanaştı. Bu kez beni avutmak için sözcükleri anlamlı bir şekilde sıralıyordu. Dedemin askerden arkadaşı olduğunu anlattı. Dedemden getirdiği selamı vermek için bacaklarımı iyice tek eliyle açtı. Dayı, bir süre sonra çıkardığı çorapları yeniden giyerken, ben odanın ondan en uzak köşesinde, tozdan bir bulutta gizleniyordum. Dizlerimi karnıma çektim, ağladım, ağladım, ağladım. Kimse duymadı. Gidip Şeri'yi bulmayı düşündüm, utancımdan ne diyeceğimi kestiremedim. Ya benim üstüme kalırsa... Ya köylü, dayıyı şişler beni de taşlarsa diye sustum. Şeri gelip beni görünmez olduğum o bulut kümesinden tutup çıkardığında, neden ağladığımı soranlara "Hiç işte, ne olacak huysuzluğundan" deyip beni daha hızlı yürümem için çekiştirdi. Bana neyin var diye sormadı. "Seninle bir daha asla yola çıkılmaz, şımarık velet" diye diye itekledi. O günden sonra dünyadaki tüm dedelerden, dayılardan nefret ettim. Ne zaman siyah tozlu bir çorabın ekşi ter kokusunu duysam, kusmaktan beter midem bulanırdı.

***

Ekşi koksa da sıcaktı Memo'nun çorapları, beni hiç tanımayan birinin böyle candan sahiplenmesini görmek şaşılacak şeydi doğrusu. "Memo, sen harbi adamsın" deyince, çenesini yukarı kaldırıp başını yana eğdi, öylece durup göz kırptı bana. Havalıydı hakikaten, onun karşısında elimi kolumu nereye koyacağımı şaşıracağım diye telaşlanmadan durmanın tadını çıkarıyordum. Bu telaşın arkasında yatan endişemin, daha önce klinikte Memo'yla aramızdaki hasta - doktor ilişkisi dedikodusundan çekinmemin ötesinde, derinlerde duyduğum başka bir histen kaynaklandığını o an kabul etmek istemesem de biliyordum. Kristof'u görüyordum Memo'nun her hâlinde, ama kendime itiraf edemiyordum. Yine de karşımda duran Memo'nun havalı tavırlarına aval aval bakmam, benim çaresizliğimdi. İlacım neydi bilemiyorum, belki ondan kaçmayı durdurmak. "Arabadaki spor ayakkabılarımı giyerim şimdi, köy çocuğuyuz biz Canik Hanım, aman sen üşütme" deyip yedi numara büyük iskarpinlerini önüme koydu, bir koşu gidip geldi.

Mesaisi bitene kadar uzaktan onu izledim. Kahve makinasını kapattı, barista kolunu çıkardı, telvelerini çöpe döktü, temizledi. Sıcak su düğmesine bastı, bir buhar kişnemesi duydum. O sırada Memo burnuna düşen bir tutam saçı itmek için kafasını yana savurdu. Vitrindeki tatlıları tezgâhın altındaki soğutuculara kaldırdı. Kirli sarı, saçaklı bir bezle sineklenmiş tezgâhın zeminini sildi. Cam bölmeye sarı tüycükler yapışık kaldı, onlara dokunmadı, geride bıraktı. Vitrin ışığını kapattı. Kasadaki paraları sayıp gün sonu kaydını, çekmeceden çıkardığı, arası kâğıtlarla dolu, kabarık bir deftere yazdı. Kafenin dış apliklerini kapatmadan evvel kaldırımdaki üç masanın ayağını sandalyelerin kollarına, çelik bir halatla bağladı. Masaların üstündeki kül tablalarını, şekerliklerle birlikte tepsiye toplayıp kasanın yanına dizdi. İçerideki sandalyeleri, masalara ters yüz edip kaldırınca, tuvalete gidip bir kovaya su doldurdu. Püskülleri kapkara bir paspasla geri gelip yerleri silmeye koyuldu. Yerler yağda kavrulmuş kabak çekirdeği gibi kokunca, uzun bir sopayla üç metre yüksekteki, bir karışlık dörtgen camın kolunu çengelle aşağı çekip açtı. Önlüğünü çıkardı, yanıma koştu. "Sacher Tortesi güzeldir buranın, afiyet olsun" dedi, bir taraftan önümdeki silip süpürdüğüm tabağı alıp bulaşık makinasına götürdü, makinayı çalıştırdı. Sürekli kravatını düzelten son müşteri, masasına bir avro bahşiş koyup bir saattir beklettiği Aperol Spritz kadehindeki son yudumunu aldı, Memo'ya şakacı bir tavırda "Kravat takmayı unutma" dedi. Bunu söylerken ikisi de kıkırdadı. Kırk dört numara ayakkabılarımın tabanını sürüye sürüye kafeden dışarı çıktım.

Memo'ya kendimi bırakmıştım. Gölgesiydim artık, o nereye ben oraya, bana kendimden fayda yok, diye düşündüm. Bunları der demez, kendimden ölesiye tiksindim. Daha doğru düzgün tanımadığım birine nasıl gözüm kapalı güvenebilirdim ki, üstelik böylesine bir hapishane kaçkını söz konusuysa, diye düşündüm onun arabasında oturup beklerken. Dükkânın kepenklerini indiriyordu. O gaip sesten bir mesaj, bir işaret bekledim, Memo'yla gitmeli miydim buradan? diye sordum kendime. Pusuda, sessizdi kafamın içi. "Saat akşamın altı buçuğu, söyle bakalım ne yersin Canik?" deyip vereceğim cevabı hiç beklemeden, kendi aklına ilk gelen yeri övmeye başladı Memo, muhakkak görmem gereken, on numara bir kebapçıymış, "Sen iyice Almanlaştığından böyle yerlere gitmeyeli çok olmuştur" deyip beni alıp çok uzaklara götürdü. Bitmeyen bir yolculukla şehrin diğer yakasına böylece geçmiş bulunduk.

Hem bu rastlantının şerefine gecenin uzun olacağından, beni yakalamışken kolay kolay bırakmayacağından söz ediyordu Memo, hem de şartlı tahliyesinin ne boktan bir zulüm olduğundan. Bir an iç çekip "Siktiğimin pastacısına çırak memur ettiler beni, hay dilimi eşek arısı soksun, ama sinkaf saydırmadan duramıyorum, ben kim pembe önlük giymek kim!" diye ağzına geldiği gibi sövüyor, bir an dönüp "Hangi kamyon çarptı sana, söyle yamultayım kaportasını" diye sözüm ona bana kol kanat geriyordu. Aniden konuyu değiştirdim, "Kravatı ne diye takacaksın?" diye sordum.

O akşamın Schwerdonnerstag[7] olduğunu söylerken, kravat takmasını hatırlattığım için bana teşekkür etti. Trafik lambalarında beklerken torpidodan kırmızı üzeri beyaz, kalın eğik

---

134

çizgili kravatını çıkardı, bağlamamı rica etti. Hayatımda hiç kravat bağlamadığımı ona söylemektense, elimden geldiğince bir şekle benzetip kravatı arabanın ön cam aralığına gelişigüzel koydum. Yaptığım şekli görünce bir kahkaha patlattı "Anlaşılan bu kravatı takmamı istemiyorsun, söz ilk sana kestiricem" deyip beni iyiden iyiye gıcık etti, "Ne saçmalıyorsun sen?" deyince geleneği kastettiğini söyledi. O gece kadınların, erkeklere egemen olduğu geceydi. Bunun ortaçağda çirkinleşip yaşlı cadı kılığında sokağa çıkan kadınların, çocuklarını ve ev işlerini senede bir (sembolik de olsa) kocalarına devrettikleri gece olduğundan bahsetti. Bu işten yine erkek kârlı çıkmayı başarmış görünüyordu. Sonuçta erkek, kravatını sokakta kime kestiriyorsa, ondan bir öpücük kapmak istiyordu. Kadın, adamın boyunduruğundan zorla tutup kesecek değildi ya, elbet ne yapar eder, adam öpmek istediği kadına kestirirdi kravatını!

"Modern eşleşme sapkınlıkları" dedim, "Normal kimse yok!" diye ekledim. Memo "Heh Rahibe Teresa da konuştu" diye cevap verince, bu saçmalığı yüksek sesle zikrettiğim dank etti. Arpa buğday daneler, yıkılsın meyhaneler, terzi elin kırılsın, dar geliyor düğmeler, aman döne döne döne yar geliyor, yandım güle güle güle har geliyor... Yöresel türküler eşliğinde, yol aldık. Memleketten geriye kalan nadir eşyalarından biri olan kasetin bir yüzü bittiğinde, Sultan Saray lokantasına henüz gelmiştik. Daha arabayı park etmeye yanaşırken, kendilerini geri sensör sanan bıyıklı, bağrı açık hemşerileri doluştu etrafımıza. Memo'ya kimseyle konuşmak, tanışmak istemediğimi söylesem de elbette beni ciddiye almadı. Tek tesellim masada baş başa olmamızdı. Gerçi bu gerçekleşene dek, yalandan gülümseme uğruna, dişlerimi göstermeden, yeterince dudaklarımı iki yana doğru gerdirip salmıştım.

Memo'nun ahbaplarıyla onun mıntıkasında yahut krallığında demeliyim, muhatap olmamanın imkansızlığına ikna oldum ve boş vercilik oyununa başladım. Her şey kendi içimde olup bitiyordu nasılsa! Hekimliğimi gururla öne çıkaran Memo, beni lokantanın yarısına uzmanlığımı bitirmişim de üstüne üstlük bir de profesör olmuşum gibi takdim etti. Yaşını göstermeyen, otobüsü kaçırmış, botokssuz, dünyanın en alık yahut albenili söylersek, en genç profesörü! Bu küçük yalana susup seyirci kaldıkça, şaşkın böbürlenmelerin tadını çıkaracağıma, artık ne işte çalışsam bir işe yaramayacağımı düşünmeye daldım. Aynı zamanda Memo'yla suç ortağıymışız gibi her takdimden sonra birbirimize bakıp tepkimizi ölçüyorduk. Suratım düşünce, telaşlanıp onu ele vereceğimden korkması, hoşuma gidiyordu. Beş on kişiyle tanıştırılmamdan sonra, nihayet yemek siparişi verebilmiştik. Balıklardan önce bir büyük rakı masaya geldi. "Derdinin dermanı önündeki şişede" diyerek, bir kadeh doldurdu, "Aşka" dedi kadehi kaldırırken. Ne yalan söyleyeyim elim havaya kalkmadı. Bu gönülsüzlüğün altını deşmek istercesine sordu Memo, "Sen hiç âşık oldun mu Canik?"

***

"Sen hiç âşık oldun mu?" diye sormuştum Kristof'a, yanımdayken yalnızca sustuğu, gözlerini ona bakmazken üzerimde kaçak gezdirdiği, bakışlarını yakalamak isteyince gözlerini benden kaçırdığı, susmaktan tüm eylemlerimiz yavanlaştığı

136

için içime bir korku düşmüştü. Ya artık beni sevmiyor ya da daha önce hiç âşık olmadığı için ne yapacağını bilemiyor diye düşünmüştüm. Bir seferde ardını hesaplamadan, ne olacaksa olacak yeter deyip sormuştum. Yine sustu, bir şey değişmedi. Bahardan önce gelen güneşli bir pazartesiydi, "Güllü Pazartesi" diyorlar, karnaval geçidi olduğu için, o gün tatildi. Biz de Schöneberg şehir parkına yürümüştük. O güne kadar elimi tutmak istediğinde hep bir bahane bulmuştum, ama o gün üst üste birkaç kaçıştan sonra beni köşeye sıkıştırdı. "Böyle gizlenmek de neyin nesi?" dedi. Tutuk seviştiğimden, ellerimi neden kaçırdığıma varana kadar her garipliğimi sayıp döktü yüzüme. "Belki sana yardım edebilirim, ama anlatmazsan hiçbir şey yapamam" dedi. Ne söyleyeceğimi bilemiyordum, "Bilmiyorum" dedim. "Bana ne olduğunu bilmiyorum!" Konuyu değiştirmek için, Kristof'a piknik yapanları gösterdim. Göletteki ördeklere daldı gözleri, gündüzleri ayıkken yahut kalabalıkta yalnız yürürken çoğunlukla beni dinlemezdi. Şimdi kalkmış sırrımı soruyor, ne münasebet, diye düşündüm. Kristof'ta iki ayrı karakter yaşıyordu. Biri sahnedeki deli dolu olan, iflah olmaz bir Don Juan, diğeri ise yanımda bitkisel hayatta bir asalaktı. Ona anlatsam, önce avutmak için rol keserdi. Sonrası hep aynı. Hiç var olmamışçasına ortadan kaybolurdu. Daha anlatamadan yok olan diğerleri gibi. Herkes kendi acısı kadardı. Kimse taşıyabileceğinden daha fazlasını kaldıramazdı. Acının kokusunu alan ardına bakmadan buharlaşırdı.

"Sen hiç âşık oldun mu?" diye sordum Kristof'a cevap vermedi. İkinci kez sorduğumda, öfkelendi, "Ee sıktın" deyip kestirip attı. Parkın çayırında, ceketlerimizin astarına oturmuş ördeklere çimen yolup atıyorduk. Üsteleyince ondan on yaş büyük bir kadın olduğunu, çoktan geride kaldığını, geleceği mümkün olmayan bir şey için konuşmaya değmeyeceğini söyledi. Bahsettiği kadını merak ettim, ama öfkelendiği için sormaya cesaret edemedim. Sürekli terslenmek canımı acıtıyordu. Benim dünyamda umut edecek bir şey hiç olmamıştı, onunki de aynıymış, sonradan gördüm.

Kristof'la eve varmadan açık bulduğumuz bir kafeden atıştırmalık ve iki kahve almıştık. Para üstünü alırken yine bir yerlere dalıp gitmişti, bütün bozukluklar yere saçıldı, bir demir iki avro ayağıma yuvarlanıp büfenin altına sekti, istemsiz eğilip arayacak oldum. Oysa yere şöyle bir baktı, "Bırak, boş ver" dedi. Aldırmadan elimi tezgâhın altına sokup bozukluklara ulaştım, sürüyerek çıkarırken "Sana bırak demedim mi?" diye bağırarak bileğime doğru ayağını savurdu. Tekmeden yavaştı. Tekme sayılmaz, diye ciddiye almadım. Kendimi kandırdım. Çalımı elimi değilse de kalbimi acıtmıştı. Hemen büfeciye baktım, gözünü kaçırdı, arkasına dönüp kendi işiyle ilgileniyormuş gibi yaptı. Belki aşktan sesimi çıkarmadım. Onu kızdırmamalıydım, ne yapsa haklı, diye düşünüyor, sessizce arkasından yürüyordum.

Kristof kahve tepsisini alıp yola devam etti. Biraz ilerde bir banka oturdu, ben de ardından usulca yanına gittim. Suçlu bir kız çocuğu gibi hissediyor, başımı önümden kaldıramıyordum. Beni affetmesi için ne gerekiyorsa yapmaya hazırdım. Bir süre insanların önünde onunla tartışmaya girmemem konusunda ciddi uyarılarla beni tehdit etti. "Tamam" dedim, ne derse tamamdı. Azarlamaları bitince bana sarılması için ağlamaya başladım, işe yarayınca içimden, ölesiye sevindim. O akşam onunla sevişirken aklımda aynı soru vardı. Yere düşen paranın tutarıyla ilgilenmemişti, üstelik öyle bolluk içinde yüzen, zengin bir aileden gelen biri hiç değildi. Neden hayatı boş verdiğini bilmiyordum, başlarda bunu önemsemeyeceğime dair kendime verdiğim sözleri çabuk unutmuştum. Fark etmeden ona ekleniyordum, o ise ortada yoktu. Bedenlerimiz bile yoktu çoğu zaman, ruhsuz bir ceset gibi oradan oraya sürükleniyorduk. Boş verdiği şeyin ne olduğunu merak ediyordum, işin kötüsü bunu kafama takmaya başlamıştım.

O kadın kimdi? "Yakın çevresinden mi, hâlâ görüşüyorlar mı, tiyatrodan olmalı, ya usta bir oyuncu ya cazibeli kostümcü, benden güzel mi, demek olgun kadınlardan hoşlanıyor, unutamadığı çok belli, hem beni hem onu idare ediyor, kesin, evet evet o nedenle haftada bir anca görüşüyoruz. Belki de kara sevdaya tutuldu, aferin bana uğursuzluk mıknatısıyım" diye birçok hastalıklı düşünceyle boğuşuyordum. Bu vesveseler sadece ondan uzaktayken aklıma gelmiyordu, onunlayken de bunları düşünmekten aklıma konuşacak konu gelmiyordu. Hiçbir zaman bu kafamdaki soruları ona soramadım. Hoş, benim kafamdakileri de o, çoktan boş vermişti.

****

"Hangi denizde batırdın gemileri Canik'ciğim?" diye soruyordu Memo, gözlerimi kapayıp açınca küçük Yozgat'a geri döndüm. Meyhane pilavına mevsim salatanın mor suyu akmıştı. Ekşimiş mor pirince ekmek banarken Neşet çalıyordu:

"Ah yalan dünyada…" çalmak değildi onunki içerinde bir oyuk açmak, acının saptanamayan yerini bağlamayla deşmekti. Kâh bağlama acısı kâh Ankara zurnası, deştikçe deşiyordu.

"Böyle dalıp gitmene bakılırsa, sen fena yanıksın!" diyordu Memo.

"Yok canım, niyeymiş o!"

"Ohoo soruyu da es geçtin, aşk diyorum aşk?"

"Aşk varsa genelevler niye var Memo? Orospular âşık olamayanlar mı? Ya da âşık olmayanlar, orospularla yatanlar mı?"

"Ha şöyle, şimdi sahici konuştun bak doktor hanımcım!"

"Aşk delilik… Hatta kör olup ateşe atlamak!" diye o an aklıma Memo'nun sevebileceği türden, iki dizelik ne kadar beylik laf geliyorsa söyledim. Memo'nun hoşuna gitmişti açılmam. Yine de keyifli hâli, ben aşkı kötüleyince hiddetlenmişti.

"Hoop, onu benden iyi bilemezsin işte, ne geldiyse başıma âşık olmaktan geldi, ama aha böyle ot olmak daha mı iyi!" derken masadaki mezelerin üzerinde çatalını gezdirdi, içlerinden en yeşili, börülceyi seçip kaldırdı, tam "Ot" derken havada sallayıp geri koydu. "Ah Klodya! Yaktın beni" deyip rakısından bir fırt çekti.

"Bakma köyden geldim, kaba sabayım diye, aşktan anlamayacak değilim, ama karşıma bu dinini siktiğim şehirde aldatmayan kadın çıkmadı! Şeytan diyor siktir ol git memleketine, çocuklarına kavuş! Ama işte analarının yüzüne bakamam!"

"Madem aşk adamısın, karının yüzüne bakamayacak haltlar yediysen, neden ayrılmıyorsun ondan?"

"Söylemesi kolay doktorcum, törenin adam öldürttüğüne medeni hâl değiştirtecekler ha!" deyip ağzında acı bir tat varmış gibi yüzünü buruşturup alaycı gülümsedi.

Düşündükçe midem bulanıyordu, tabii bunda durmadan yediklerimin ve anasonun da katkısı vardı. Midem bulandıkça da daha derinlere dalıp düşünüyordum. Kat kat olmuş göbeğime baktım, bir iki üç, tamı tamına üç kat saydım, nefesimi tutup içime çekmeyi denediysem de başaramadım. Aşağıdaki kıvrımlardan ikisi, kıldan bir dudak oldu, bana komutlar vermeye başladı, *Bütün masayı ye* diyordu göbeğim. Kimse görmeden eğilip göbeğime "Seni domuz, göbekler konuşmaz" dedim ciddi ciddi. Gürültüyle guruldayarak karşılık verdi, *Bir tabak daha levrek söyle, yanına da kebap, yanına da çöp şiş, kalamarı unutma, cacık bitiyor, bu aç gözlü köylü hepsini yedi, sana bırakmadı* diye hiç es vermeden konuşunca, kollarımı karnıma dolayıp onu susturmaya çalıştım. Kıvrımlı ağzının kenarından bir iki cümle daha bıraktı, *Gözü üzerinde, dikkatli ol!* dediğini duydum. Konuşan göbeğime güvenmeli miydim, bu kez bunu düşünmeye başladım. Şüphe kurtları devriye geziyordu.

Neyse ki Memo hiç oralı olmadan, sigarasını yakıp kaldığı yerden devam etti. Bir saniye susmuyordu, mümkünü yok hiçbir kadın bu kadar geveze bir adama tahammül edemez, diye geçirdim içimden. "Klodya" diyordu, "Birkaç haftadır beraber yaşıyoruz, arayıp duruyor, ne yalan uydursam inanmıyor bu karı" deyip rakı bardağına gömüldü. Şalgamından da içip anlatmaya devam etti, "Şimdi konuştuğum bu bizim pastacının yeni çırağı. Allah'ıma pamuk gibi narincik bir şey, gözleri hele bakınca derdini unutturan cinsten, suya bakıyormuşsun gibi, böyle neysen o. Şeytan diyor, bırak Klodya'yı al çırağı. Neyse Klodya aradı demincek, birkaç bir şey eksikti, gündüzden söylediydi, istediklerini almış mıyım diye dır dır ediyor." Bunca boşboğazlığı, kıza nasıl âşık olduğunu yalandan anlatması, durduk yere değilmiş, evde yiyeceği paparadan etekleri tutuşmuş, yol yapıyordu Memo.

Sonuçta benim yüzümden alışverişe gidememişti, akşam saat sekizden sonra bir tek benzinlikler açıktı, onda da işe yarar ne varsa ateş pahası, "Neymiş en lazımı?" diye sordum Memo'ya, "Tuvalet kâğıdıyla sabun" dedi, "Tamam" deyip kalktım, bir koşu tuvalete gittim. Tam tahmin ettiğim gibi klozetlerin üzerindeki pencere kenarına yığılmış ruloları gördüm, iki tanesini olabildiğince bastırıp yassılaştırdım, çantama tıktım. Sonra lavabodaki sabunluğa baktım, duvardaki fayanslara çakılı olduğundan götüremezdim, üstelik içinde sabun da bitmişti. Lavabonun altındaki dolapları zorladım, kilitli olduklarından bir işe yaramadı. O esnada bir sifon sesi duydum, çantamdan rujumu çıkarıp süsleniyormuş gibi oyalandım.

Tuvaletten çıkan kadın hemen yanımda durdu, elini yıkamak için musluğu açtı, sabunun bittiğini fark edince çantasından küçük bir şişe çıkardı, şişeyi avucuna döküp lavabonun kenarına koydu. Gayet serinkanlı kadının yüzüne hapşırdım, kadın "Eyvah" deyip yaygarayı basınca, ben ellerimle kadının omzuna, yanağına sıçrayan tükürüklerimi silmek bahanesiyle kadına abandım. Masaya döndüğümde tuvaletten gelen çığlıkları duyup duymadığımı sordu Memo, "Evet, yaygaracı bir kadınla boğuştum" deyip bir kahkaha patlattım, ardından kabarık çantamdaki zulayı gösterdim. Memo'nun ağzı açık kaldı, "Vay Canik vay, bu şeytanın yani benim bile aklıma gelmezdi, adam çarpmak ha!" deyip bir duble daha doldurdu, bu kez "Hayatımızın amına koyanlara!" diye kaldırdı kadehini, bir taraftan rahatlamış, neşesi artmış görünüyordu. Ellerim hâlâ karıncalıydı, hızını alamayan, freni patlamış bir kamyon gibiydim, sağa sola çarparak ilerliyor, fakat bir türlü durmuyordum. Memo'ya karşı savunmasız olmamak için kadehimi elimden düşürmüş gibi yapıp daha fazla içmedim.

***

Memo şen şakrak konuştukça, yüzünde Kristof'un gülüşü beliriyordu. Kristof güldükçe, köprüden düştüğü an gözümün önünden gitmiyordu. Gidişi sessizdi, ardında bir veda olmadan, bir mektup bile bırakmadan köprüden düştüğünü, (gazeteler atladığını yazmıştı) kameralardan izlemiştim, yüzünde son bir gülüş vardı. Kimi, ecel korkusundan bilinçsiz oluşan bir refleks dedi, kimi tereddütten yahut heyecandan, kimi kamera açısından, kimi de ters bir esintiden… Kimsenin aklına gerçekten gülümsediği gelmedi, ben hariç. Kamera kaydını tek açıdan, bilmem kaç metre uzaklıktan yakınlaştırılmış, bin sekiz yüz kırk altı pikselli 37 ekrandan, sıkışık bir devlet dairesinde izledim. Kayıtta ses yoktu, yine de bir umut son kez sesini duyacakmışım gibi nefes almadan bekledim. Tek duyulan yanımda oturan memurun kıpırdamasıyla, döner sandalyeden çıkan cilalı deri gıcırtısıydı. Doksan yedi metre diyordu memur, görüntüyü tekrar tekrar başa sararken, demek insan bu yükseklikten düşünce ölüyordu. "Şahıs, yirmi beş dakika boyunca hareketsiz, korkuluklara dayandığı yerde sabit durduğu için görüntüyü hızlandırıyorum," dedi memur, "Durun" dedim, "Belki bir ayrıntı vardır, onu sizden iyi tanıyan benim," dördüncü tekrardan sonra, beni oradan zorla çıkarttılar. Videoyu hızlandırmadan, sadece bir kere baştan sona izleyebildim. Kristof'un köprüden düşene kadarki süre zarfında, yani yarım saate yakın orada beklerken, tam beş sigara yaktığını gördüm. İzmaritleri köprüden aşağıya atıyor, saman dalları gibi sapların havada süzülüşünü, yavaş yavaş suya girişini seyrediyordu. Yaklaşık yedi sekiz dakikada bir yeni sigara yakmadan evvel, izmaritlerin her birini aşağı atıyor, korkuluklardan beline kadar eğilip sarkıyordu. Son sigarası bitmeden, yanındaki çelikten, asma köprünün halatına tek eliyle tutunup bir yay gibi açılıyor, geriye doğru esniyor, aniden suda taş sektirecekmiş gibi kolunu iyice gerip öne atılıyordu. O an işte tüm bunlar olmadan, belki bir saniye aralığında, kameranın olduğu direğe doğru kafasını kaldırıp gülümsüyor, sigarasından önce boşluğa, suya düşüyordu.

Polis tutanaklarının, babasının, arkadaşlarının bu gülüşte görmediği bir şey vardı; umut. Tamam, Kristof son zamanlarında bitkindi, yorgundu, sıkılgan ve tutarsızdı. Yine de o gözlerime bakıp gülünce, içime anlamsız bir umut aşılanırdı. Tamam, umudu öyle yakından tanıyor değildim, ama umudu olan insan, bile isteye ölmek istemez. Hadi diyelim tasarlayarak atladı, hayatında yolunda gitmeyenlerle baş edemedi. Ama o kadarını biliyordum işte, Kristof ölümden korkardı. Peki, tamam, isteyerek atladı, daha önce bunu planlayan insan, hiç kurtulma ihtimalini düşünmez mi? Daha da fenası asla sakat kalma ihtimalini aklına getirmemiş olamazdı. Eğer bu bir kasten atlayışsa, Kristof bu mantık çözümlemesini yapamayacak biri değildi. Hatta sırf bu yüzden, bu ölüm şeklini tercih etmezdi. O işini şansa bırakmayı sevmezdi. Sert bir düşüşte (ilk çarpan sağ yumruğuydu diyelim) kolu önden kırılacak, bu çarpmanın etkisiyle seken bedeni ağırlığının yüz katı basınçla geri tepip akordeon gibi katlanacak, o esnada tüm iç organları su torbası gibi patlayacak, bunlar olurken nihayet su ikna olacak, yarılıp onu içine, ta dibe alacaktı.

Köprüden atlamak çok acıklı, çok tatsız, çok saçma bir eylemdi onun için annem gibi kendini asarak ölmeyi isteyecek biriyken. Bu aklı kolaya alışık memurları geçtim, geride kalan yakınları bile ona atlamayı nasıl yakıştırdılar bilemiyorum. Otopsi raporuna yazılı intihar şerhinin gerçek olma ihtimalini sonsuza kadar düşüneceğimi biliyorum. Belki de cevabını hiçbir zaman bulamayacağım aynı soruları zihnimden geçirip durmam benim cehennemimdir. "Böyle mi terk edildim? Yoksa bir kaza mıydı?" diye diye ipin iki ucunda sürüp giden bir sırat. Her ikisinin cevabı da hazmetmesi de korkunç bir felaketti.

***

Kadehimden başımı kaldırdığımda Memo, aynı hoşlukla gülmeye devam ediyordu. Memo'nun gülümsemesinde beliren umut parıldıyordu. Umudun kendisi ölmek istemez, diye geçirdim içimden tekrar tekrar, umudun kendisi ölmek istemez. Kalbimi yakan acı bir gülümsemeydi. Kalp acıdığında neresi ağrırdı? Benim yaram neredeydi? Bilmiyorum.

Kafamdaki düşme sahnelerini dağıtmaya ihtiyacım vardı. Bunun için bir an olsun Memo'yu dinlemeyi başarabilirsem, kafamın içinde sürekli konuşan ağzı bozuk deliyi susturabilirsem, bir an olsun sakinleşebileceğimi düşünüyordum. Memo'ya uzun uzun baktım, onun bir katil olamayacak kadar saf bir kalbi olduğuna kanaat getirdim. Evet görünüşte zeki, çok bilmişti, dolandırıcılığa varan vukuatlarından saf olduğunu söylemek fazlaca abartı kaçardı. Bu uysal masumiyetinin ardında, kalpazan bir… *Söyle söyle, toz konduramıyor musun yoksa?* Ne münasebet, tam bir kalpazan ve ırz düşmanı diyecektim. *Ha şöyle, o son kurtarıcın falan değil, olsa olsa sübyancı bir sadist olur.*

Zihnimin içinde kaç kişiydiler bilmiyordum, birilerinin sürekli oyununa maruz kalıyormuşum gibi geliyordu. Üstelik oyun kurucular kimi zaman sapına kadar haklılardı. Bu iç çekişme, bir türlü susmadı Memo gidene kadar.

"Memo" dedim, göz göze kaldık bir süre, nasıl sorulurdu ki "Birini öldürmek zorunda mıydın?" diye. Evvela bu kendi tercihi değildi yahut öyle olsa bile insan bu uğurda sevdiklerinden, doğduğu topraklardan sürgünü göze alabilir miydi? İnsan neden kendi tercihleriyle yaşayamaz ki? Her nasılsa töreden kaçmayı tercih etmemişti işte. Peki, bunu bile bile yaptıktan sonra pişman mıydı, en çok bu soruları nasıl cevaplayacağını merak ediyordum. Yoksa bir bok merak ettiğim yoktu. "Dur" dedi. "Dinle bu türküyü, insan ölür ama ruhu ölmez, bunca mahlukat var heç biri gülmez" diye gözleri kapalı içli içli eşlik etti türküye. Soramadım, ne gereği var, dedim kendime, durduk yere yarasını deşmenin hiç gereği yoktu.

Memo kendinden geçmiş derdine ağlayıp anasondan çekerken, çok uzağa değil bu kez yan masaya gitti aklım. İki adam ve iki kadın karşılıklı oturmuşlar çorba içiyorlardı. Adamlardan biri, karşısındaki kadınla hararetli bir tartışmaya girmişti, adam sürekli "Madem öyle neden başından söylemedin istemediğini?" diye hesap soruyordu. Kadın, sahte sarışın, kırık Türkçeli itici bir tipti. Konuşmaları ilerleyince sonradan Bulgar kökenli olduğunu anladığım kadın, kendisini savunuyordu "İsmail bak, ben seni tanımak için çağırdım, yatmak için değil" diyordu. İsmail, kadın konuştukça çıldırıyordu "Düdüklemek için yani desene sen onu, bütün gün yedin içtin, gece yatmaya gelince topuk." "İsmail bak beni bilmiyorsun, ben kadınlardan hoşlanıyorum" deyince tüm restoran buz kesti yahut bana öyle geldi.

"Siktir lan, senden hoşlanmadım diyemiyor da lezzoyum diyor" dedi İsmail yanındaki kendi gibi kel arkadaşına. Gün boyu onlar için ne kadar harcama yaptığından bahsetmeye başladı bu kez. O arada Bulgar kadın bana bakıp göz kırpınca aklıma o an inanılmaz bir çıkış yolu geldi. Memo kendi kendine bir şeyler zırvalarken, onu dinliyormuş gibi yapıp çantamdan bir kalem çıkardım. Masadaki peçetelerden bir tane alıp çaktırmadan bir not yazdım, katladığım peçeteyi avucumda sıkı sıkı tuttum.

Memo, türkünün birinde ayrı bir âleme uçmuştu, "Kar yağmış yollara, örtülmüş izler, gelemem diyorum öf öf, sen gel diyorsun, bulamam diyorum öf öf, sen bul diyorsun, duramam diyorum öf öf, sen bul diyorsun..." Türkülere dalmış delimsirek boğulacakken, Memo'yu son bir kez dürtmek istedim. "Biliyor musun Memo, içinde of geçen şarkıları söyleyemem ben." "Hadi ya, neden?" diye sordu Memo gözlerini daldığı yerden çıkarıp sulanan göz pınarlarını, yumruğunun dışından baş parmak boğumuyla silerek. "Katı SS subayı teyzemin disiplini yüzünden" deyip bir kahkaha patlattım. Memo söylediklerimin ciddi mi şaka mı olduğunu anlayamadığından kararsız bir tebessümle karşılık verdi. "Of diyen şeytan çağırır, derdi teyzem, o yüzden sahiden of deyince, şeytan gelecek sanırdım, es kaza of dediğimde korkudan giysi dolabına saklanır, bir süre dışarı çıkmazdım" diye açıklayınca, bu sefer Memo'nun da hoşuna gitti, başladık birlikte deli gibi gülmeye. "Oooof oooof" diyordu Memo, güldürdüğü yetmedi bana bir güzel of çekmeyi öğretti oracıkta. Her of'ta yeni bir şey eksilttim, birinci of günahtı, ikincisi yasak, üçüncüsü filanca ne derdi; ayıp, dördüncüsü artık iç sıkıntım, beşincisi kalp yaram, altıncı yoktu, yokluk da saçma bir his tattırınca, of demeyi bıraktım.

Bu kadar of, karşılıksız kalmadı, bir anda masadaki her nesnede birer mini şeytan belirdi. Oklarını burnuma doğrultarak zıplayan kan kırmızı cinler, gördükleri her şeyin içine tükürüyorlardı. En kötüsü aynı anda konuşmalarıydı. Aynı anda her şeyi kötülemeyi nasıl başarıyorlardı, bilmiyorum. Elimin tersiyle ağzımı kapatıp fısıldadım; "Susun!" Anlamsız ses yığınları birleşip şuna benzer bir şey diyorlardı: foffof foffof ofofo of of of... Hem tiksindirici hem büyüleyiciydi. "Susun yoksa, masayı deviririm!" dedim. Bir süre kulaklarımı tıkayıp saç diplerime asıldım, hiçbir işe yaramayınca lafa girdim. Ben konuşur konuşmaz, hepsi birleşip rakı şişesine tırmanıp oradan Memo'nun kafasına zıpladılar, bazısı da kulağına kaçtı, sonunda topluca kayboldular.

"Öldürmemenin bir yolu var mıydı?" diye sordum Memo'ya, kahkahanın sonu buruktu, ama sormasaydım şeytanların tükürüğünde boğulacaktım. Mezeler azalmıştı, üstüne tatlı yemedik, konuşacak tatlı bir şeyimiz artık yoktu. Kahvenin yanına birer sigara yaktık. "Yoktu, başka yolu" dedi Memo, düşünceli konuşuyordu, dumanı üfledikçe gözleri kısılıyor, kısıldıkça gülümsüyor gibi oluyordu. Acıya meydan okuyan kederli bir gülüşle devam etti "Köyün dili zehirlidir, ben öldürmeseydim, her gün sokardı, o zaman her gün ölüsün zaten... Kader be Canik kader!" Saçmalığın dik alası, dedim içimden. Şimdi biri gelip babanı öldürecek, üstelik bu yakın akraban, hatta kuzenin olacak. Sen de içindeki matemli nefreti bastırmak için kısasa kısas diye, gidip katilin babasını yani amcanı gözünü kırpmadan vuracaksın. Sonra da mahalle baskısından, cinayet işlemeye mecbur kaldığından dem vuracaksın. Oh ne âlâ memleket, eline silah alan buyursun kelle pazarına. Basbayağı kendi nefsine karşı koyamayıp bir adamı canice katletmişti, bunun hafifletici hiçbir yanı olamazdı.

Memo'yu anlamıyordum, ortam gerilmesin diye bir süre daha sessiz kalmayı denedim. Memo başını küllüğe eğmiş, derin derin of çekerek, kaldığı yerden anlatmaya başladı: "Babam köyün çıkıkçısıydı, öyle böyle değil… Ama şu üfürükçülerden değil, hakiki ilimci. Röntgensiz muayene etmezdi kimseyi. Şanı tüm civar illere yayılmış, ulusal kanallardan bile röportaja gelmişlerdi bir keresinde. Parlamenter Mustafa'ydı lakabı, kaç kere adaylığını koymadan zorunlu olarak muhtar atandı. Hatta öğretmen olmadığı hâlde, jest olsun diye, öğretmenevi giriş kartı da verildiydi babama, merkezdeki 'Yozgat Şuurlu Öğretmenler Derneği' de babamın girişimiyle kuruldu. Her meslekten, mezhepten adam severdi yani bizim pederi. Çatık kaşlıydı, sert mizaçlıydı, ama bakan bir daha bakardı karizmasına. Güvenilirliğinin yanında en çok alicenaplığını överlerdi. Amcamsa, babamın tam zıddı, bildiğin beleşçi herifin tekiydi. Yaşı babamdan büyük olmasına rağmen bir baltaya sap olamamıştı. Babam, amcamın çok kere kumar borcunu ödedi. Anamla bu mesele yüzünden epey küs kalmışlardı. Anlayacağın amcam, ailenin habis uruydu. Dedem öte dünyaya göçünce, miras davası patladı. Amcam da daha fazla pay için, kendinden beter kancığını babamın peşine takmıştı. Öldürüldükten üç gün sonra mısır tarlasında bulduk babamı. Göz çukurlarında kurtlar yuvalanmıştı. Onu o hâlde görsen, yapanın yanına bırakan şerefsizdir, diye yemin içmeden duramazdın, tıpkı benim gibi… Ah ulan… Babamı çok severdi köylü, öldürmeseydim kimse yüzüme bakmazdı. Ne erkekliğim kalırdı ne yiğitliğim."

"Çocuklarını alıp başka şehre kaçsaydın keşke, şimdi hem sürgün hem katil oldun… Ay özür dilerim, öyle demek istemedim Memo!" demiştim, gerçekten üç gram aklımdan geçen dilimin ucuna düşmüş, Memo'nun yüzüne baka baka, ona katil demiştim. Memo masaya yumruğunu vurunca, küllük yerinden zıpladı, söylediklerime var gücüyle karşı çıktı; "Bizde kan yerde kalmaz! Hem askerde alafranga tuvalete postallarıyla basıp sıçmış biri var karşında... Onu bunu bırak da kurban olduğum Allah nasıl olduruyor! Bu iş başıma gelmeseydi, dünyanın öbür ucuna gitmeyi hayal bile edemezdim. Aklının almadığı keramet burada işte Canik!" Memo'nun kendi içinde tutarlı kaldığı bu haklı düşünceyi yıkamazdım, işlediği cinayetle sınıf atlayanlara adam öldürmek mübahtır! Neyin kötü, neyin iyi olduğu konusunda kafam yeterince karışıkken, daha fazla üzerine düşünmedim. Memo, söndürdüğü sigarasıyla kül tablasındaki küllerin dibini eşelerken, gözüm küllere dalıp iki yıl önceye gitti.

***

Tanışalı yedi ay kadar olmuştu Kristof'la, birkaç aydır da birlikte olmaya başlamıştık, aslında hiçbir zaman düzenli bir ilişki değildi aramızdaki. Gelgitli, abuk sabuk, panik hâller... Tabii çoğunlukla bendeki durum böyleydi. Ondakini hiçbir zaman bilemedim. Bir gün yine aniden ortadan kayboldu. Evine gidiyorum yok, arıyorum arıyorum ulaşamıyorum, telesekreterine sessiz notlar bırakıyorum yok. Böyle umutsuzluktan bitkin bir şekilde ruh gibi dolaşarak, her yerde onu aradım durdum. Günler geceler geçti, terk edildiğimi sandım. Tam ümidimi kesmiştim ki, bir akşamüstü telefonum çaldı. Arayan Kristof'tu, sesi berbat geliyordu. "Gelsene sana annemi göstereyim" dedi. Önce aptallaştım, ne diyeceğimi bilemedim, "Tamam, neredesin?" dedim sakin kalmaya çalışarak. Onu yeniden bulmuşken, kaybedemezdim, en azından son bir kez görmem lazımdı. Pişkin pişkin "Evdeyim, nerede olacağım!" deyince beynimden vurulmuşa döndüm, öfkeden kuduruyordum. Sanki hiçbir yere gitmemiş, sanki hiçbir sorumsuzluk göstermemiş gibi gamsız, ruhsuz takılıyordu. Ama tavır yaparsam onu göremem diye korkuyordum. Teslim olmaktan başka çarem yoktu, boyun eğip sustum, karşılık vermedim. Göğüs kafesimin üstüne bir taş yerleşti. Ağzımı hepten açıp derin nefes almamı istemiyordu taş. Olur da yanlış bir şey söylersem diye boğazıma takılan taş, mideme inerse günlerce böbreklerimi deşecek yahut kalbime yuvarlanıp içimi üşütecek, diye soluk bile almadım ahizede. Olur da bir şey fısıldar, hemen vazgeçer diye, içine kaçırmadan söyleyeceklerini anlamaya çalışmaktan başka yapacak bir şey yoktu. Telefonu kapatana dek, taş göğsümü sıkıp beni gitgide büyüyen bir tedirginliğe boğdu. Yalandan bile gönlümü almadı. "Gelmeyeceksen söyle baştan" dedi. "Tamam" dedim. "Bana iki saat ver, hazırlanayım." Uzun zaman sonra karşısına öyle bitap çıkmak istemedim. "Yok hemen gel Naime, aslında annemin seni göreceği yok" deyip telefonu kapattı.

Hiçbir şey anlamadan kalakaldım, öylece. Aklıma ilk gelen annesinin kötürüm kaldığıydı. Apansız bir hastalığın pençesinde, ölüm döşeğinde yatıyor olmalı, diye düşündüm. Böyle bir sebepten ortalıktan kaybolmasını, ancak makul karşılayabilirdim. Bencilliğimden ölesiye utandım, birkaç gündür hakkında ne çok ipe sapa gelmez şey düşünmüştüm. Ayyaşlıktan, bohem hayatından yeterince tat alamadı, sonunda beni defetti, gitti yeni yetme tiyatrocularla eğleniyor, diye kendimi yiyip bitirmiş, kurmuş da kurmuştum. Mesele benden sıkılması değil de annesinin hastalığıysa... Bu kez boş yere günahını aldım diye hayıflanmaya başladım. Trende yol boyu kendime küfrettikten sonra bir an durdum. Bir dakika, dedim kendime, iyi de bunu bana daha önce haber verseydi, böyle olmazdı elbette, diye içimden geçirip tam ona sinirlenecekken, ona layık bir sevgili olamadığıma ikna olmaya başladım sokağında yürürken. Bir türlü ona karşı yeterince gaddar olamıyordum. Apartmanın girişine yakın bir yerde bir sigara içip bunları düşünüp kafamda, ona ne diyeceğimi, nasıl davranacağımı çeşitli varyasyonlarla hesaplarken, bunların sonunun gelmeyeceğini anlayıp daha fazla gecikmeden aşağıdan kapı ziline bastım.

Merdivenlerden çıkarken, kendi kendime soruyordum; neden, neden bana daha önce haber vermemişti? Her ne olduysa, neden önce bana söylemediğini, bunun yerine ortadan kaybolmayı seçtiğini bir türlü kabul edemiyordum. Parmaklarım uyuşmuştu birden, zile nasıl basarım, diye düşündüm. Zavallı bir köpeğim ben, gel deyince gelen, kokunca kapı önüne konan poşetten sızıp akan çöpüm ben, diye kendimden nefret ederek çıktım basamakları. Onun katına geldiğimde, evin kapısını aralık bıraktığını gördüm. Kötü bir şey olduğuna emindim artık. İçerde ne tür bir felaketle karşılaşacağımdan ürkerek ayakkabılarımı çıkarıp geçtim, ardımdan kapıyı kapadım. Ona bakınca, daha bir dakika önce kendi acımla boğuştuğum için bir kez daha utandım. Bitkin, boş vermiş bir hâlde masanın ucunda oturuyordu. "Kristof" dedim holden salona yürürken, sesim yerin yedi kat dibinden geliyordu. Hemen masaya doğru yöneldim, beni görünce, gözlerini daldığı millerce derinlikten çıkarıp başını kaldırdı. Koşup sarılmak istedim, ama o istemezse diye korktum, olduğum yere çakılmış, ondan gelecek bir ışığa kilitlendim. İplerim elindeydi ve ben sadık bir köpektim.

Havadaki hüznü kovmak isteyen alaycı bir tonda konuştu, "Gelsene" deyip beni yanına çağırdı. Burada ne işim var, ayrı mıyız, sevgili miyiz, onu bile bilmiyorum, diye bir dünya soru zihnimden seri hâlde geçerken, ayaklarım çakıldıkları yerden kurtulmuş, sese doğru yol almışlardı. Kristof'un bu serkeş, esrarengiz tavrı beni iyiden iyiye korkutuyordu. Gözlerine doğrudan bakamıyordum. Soğukkanlı kalabilmek için gözlerimi olabildiğince ondan uzağa kaçırmaya çalışıyordum. Kristof'un hemen arkasındaki pencerenin yarım perdesinden bitişik apartmana gözüm ilişti. Bina öyle yakındı ki, gölgelerin arasında bir çift göz yakaladım. Akşam güneşinin son ışıktan kılıçları, karşı penceredeki göze düşüyordu. Uzun ince bir kadın olmalıydı bize bakan, omuzları düşük, belli ki yılgın dedim kendi kendime, adımlarım ağır aksak masaya ilerlerken. Cama gittikçe sokulan silüetin hantal hareketlerinden, başkalarının özel hayatlarını merak eden, kimsesiz, işi gücü tükenmiş emekli, yaşı geçkin bir kadın olabileceğini düşündüm.

Kristof eliyle beni önündeki sandalyeye yönlendirdi, oturmadan önce tül perdeyi hizalayarak örttüm, kot ceketimi çıkarıp oturduğum sandalyenin arkasına astım. "İşte annem" diyordu Kristof, sesi titrek, alaycı gülümsemesi içime batıyordu. Söylediklerinden hiçbir şey anlamadım. Bir süre aval aval bakındıktan sonra, Kristof masadaki siyah çömleği gösterdi, orta boy bir aşure kazanından küçükçe, üzerinde devasa kanatlarını iki yana açmış bir kuş kabartması vardı. Kuşun gövdesindeyse özgürlük anlamına geldiğini düşündüğüm bir daire duruyordu. Afallamıştım, kafamı sağa sola sallayıp bir şeyler söylemesini bekledim. "Annem öldü. Beş, yok altı gün önce, Mart'ın ilk salısında..." Sesi incelip koptu. Başı önüne düştü. Yanına gidip başını göğsüme yasladım, öylece kaldık. Ayrıldığımızda onun sağ omzu, benim sol göğsüm su içindeydi, hıçkırmadan, usulca gözyaşlarımızı değiş tokuş etmiştik. "En son yedi ay önce görüşmüştük, bu çok saçma değil mi?" dedi bana, ne diyeceğimi bilemedim, yaşayan bir annem olmadığından, belki daha önce bana yakın kimseyi bizzat kaybetmediğimden. "Aranız nasıldı?" diye sordum tereddütlü. "Onun benle iyiydi, benim… Benim bu dünyada ne bok işim varsa, onu unutmuşum işte!" "Tamam, kendini suçlama" dediğimi hatırlıyorum, bunu zoraki söylediğimi de. Annesini aramaktan acizleşecek kadar, ne olmuştu da hayattan böylesine soyutlanmıştı, aklım almıyordu. İnsan annesini unutur mu? dedim kendi kendime Üstelik hayattayken! diye ekledim içimden, ama ona bu hâldeyken kızamazdım. "Nasıl olmuş?" "Merdivenden düşmüş... Yetmiş sekiz yaşına kadar yaşamamalı kimse, düpedüz aptallık! Her gün ölmek için uyanmak neden, söylesene?" deyince Kristof, istemsizce karşı çıktım ona. "Sahi mi? Kaç yaşında görevimiz tamamlanıyor? Bilelim de boşa yorulmayalım!" Omuz silkip bu konuyu tartışmaktan kaçındı, ben de üstüne gitmedim. Masada duran çömleğe bu kez, Kristof'un annesine bakar gibi baktım, zavallı kadın kemikleri un ufak olmuş, diye düşündüm.

İçerisi göz gözü görmeyecek kadar kararınca, diğer panjurları da indirip ışığı açtım. Mutfakta temiz bardak bulamadım, iki tane yıkayıp kalan son otlu çayı önce onun kupasına salladım. Geri döndüğümde Kristof'u daha düşünceli buldum. Bir şey sormama fırsat kalmadan, babasıyla büyük bir kavgaya girdiklerini anlatmaya başladı. Çözülmeyi bekleyen kara kutu gibiydi, yanına sokuldukça bir parçası açılıyordu. "Babam dindar, hem de koyu Ortodoks, annem öyle olmadığı için ayrılmışlar zaten. Neyse, cenazeye yetişemedi, sonradan evdeki törene geldi. Annemin küllerini görünce çıldırdı" deyip yerinden fırladı, konsolun kapaklı gözünden bir içki şişesi çıkarıp kafasına dikti. Üzerinde Glenfiddich yazan yeşil şişeyi, az önce oturduğu masaya koydu. Soğuyan çaya bakmakla yetindim. Aldırış etmeden kaldığı yerden devam etti, "Kadının vasiyetini çiğnemekle suçluyor beni, diycne bak, yıllarca aramadı... Şimdi gelmiş hesap soruyor!" yüzüne ifadesiz bakınca açıklamak zorunda kaldı. "Babamın inanışına göre cesedin yakılması büyük günahmış! 'Geride kalan tek yakını öz oğlu, bunları hurafe sayıyorsa yapacak bir şey yok,' dedim babama. Akrabaların, ziyaretçilerin yanında üzerime yürüdü..." dedi.

Ben de böylece esas meseleyi anlamış oldum. Herhangi bir tepki vermeksizin susmaya devam ettim. "Zaten kim için gömülecekti? Ben mezarını sulamazsam, ziyaret etmezsem gömülmesinin ne önemi var?" deyip çömleği avuçlarına aldı, masadan kaldırmadan kendine sürükleyip sarıldı annesine. "Bak, ne zaman onu görmek istesem burada olacak. Bin kilometre yol alıp çamurlu, aidatlı, kasvetli mezarlıklara gitmeye lüzum yok! Üstelik elimi, ayağımı nereye koyacağıma, nerede 'amen' diyeceğime karışan da!"

Sakalları biçimsiz uzamıştı, bu hâlde sahnede ancak Viktorya dönemi mezarcılarını canlandırabilir, diye düşündüm içimden, bir taraftan onu ne çok özlediğimi görüyordum. Suçluluk içinde suçluluk yaşıyordu, ne söyleyeceğimi bilmeden konuşmaya çalıştım.

"Üzgünüm, acını paylaşıyorum" diye söze girdim. Ne tuhaf, dedim kendi kendime, insan en sevdiğine başın sağ olsun, yaran iyileşsin bile diyemiyor kendi dilinde. Almancada ya da İngilizcede birine üzgün olduğunu söylemek, o kişinin başına hangi felaketin geldiğinden bağımsızdır. Biri düşüp dizi yarılınca da annesi ölünce de aynı şeyi söylüyorduk. Ne denir diye çeviriyi düşünmekten, duygudan kopuyor, sığ bir hâl alıyordum. Üzgünüm, demek yetmezdi. Ne yaparsak yapalım, bizi diller ayıracak, diye düşündüm. Derin bir nefes alıp devam ettim, "Anneni, onun inanmadığı şekilde yaktıysan, öbür dünyada nasıl olacak?" Dokunsam ağlayacaktı, içimden geldiği gibi hiddetlenemedim. O ise, bana bambaşka şeylerden bahsetmeye başladı. "Sadece 600 gram, küller 350 gram, kül kabını krom metal alaşımdan seçtim. Paslanmaz, kırılmaz, hem de işlemeleri için özel ücret ödedim, kitaplığın üst rafına koyarım diye düşündüm, her yeri, hatta en önemlisi televizyonu görür oradan, altını çift taraflı yapıştıracağım merak etme, kapak emniyetli, ne olur ne olmaz!" Hiç es vermeden, coşkuyla anlatıyordu Kristof. Annesi ona taşınmış gibi bir parodi oynuyordu. İnanamadım, sadece seyrettim, sonunda alkışlayamayacak olmam büyük kâbustu, hepsi bir oyun olsun istedim. Kristof, birden iki kolunu yana açıp bana baktı, nihayet orada olduğumu idrak etti, bana sarılacak, diye düşünürken büyük bir gürültüyle irkildik. Sol kolu masadaki yeşil viski şişesine çarpmıştı. Şişenin ağzı, annesinin olduğu çömleğe çarpıp orada gürültüyle kırılınca, ikimiz de aynı anda başımızı çevirdik. O anda yeşil cam parçacıkları havada uçuşmuş, çarpmanın etkisiyle çömleğin üstü olduğu gibi viskiyle yıkanmıştı.

Ne yapacağımızı şaşırmış ağzımız açık, gözlerimiz çömleğe kilitlenmişti. Sonunda Kristof'un iki yana açtığı kolları, iki boş çuval gibi dizlerine indi. Bense bir iki öne arkaya, sağa sola bakındıktan sonra masanın ucunda büzülmüş duran keten örtüyü alıp çömleğin üstüne sardım. Kapağın aralığından küllere sızan viski, keskin bir alkol kokusu yaymaya başlayınca, bir şey yapmak için artık geç olduğunu anladım. Olanları kavramaya çalışırken, omzum ağır bir şiddetle sarsıldı, bir anda kendimi yerde buldum. Gözü dönmüştü. "Senin yüzünden oldu!" diyordu, durmadan aynı şeyi bağırıp duruyordu. Yerde iki büklüm, dizlerim karnımda savrulmaların, bağırışların arasında sıkıştığımı hissettim. Gerçekten benim yüzümden olmuştu, ona daha önce sarılsaydım yahut 'Yeter artık çok içtin, biraz sakinleş' deyip o şişeyi masadan uzaklaştırsaydım, bunlar olmazdı. Hiçbir işe yaramayan bir eşya gibi hissettim kendimi. Bir kere, sadece bir kere hareket etmeyi tercih edebilsem, kimse yön göstermeden, bunu oku, bunu giy, buna bak, buna çalış, buna gitme, buna gel, bunu yap, bunu yapma demeden, bir kerecik kendi iç sesimi duyabilsem... Aşk eylem gerektirir... Acizlik aşkta da engelimdi. Kristof acılı, üstelik haklıydı. Annesi, benim yüzümden ilelebet kesif alkol kokacaktı.

Hâlbuki biraz dobra olabilsem, biraz onu çekip çevirebilsem böyle talihsiz kazalar yaşanmazdı, onu çöktüğü masada ilk gördüğüm andan itibaren, ne düşünüyorsam olduğu gibi söyleyip kendine getirebilseydim... Ona söyleyemediklerim arasında ilk sırada gelen belki annesine ihanet ettiği olmalıydı. Şimdi olsa şöyle derdim: "Bizde ölüm denildi mi ilk akla gelen nereye gömüleceğindir. Vasiyet yazmaya sıra gelmeden gerçekleşen vakitsiz ölümler içinse, eş dost zaman zaman birbirinin ağzını yoklar. Ölüm lafının kendisi tatsız sevimsiz bellendiğinden, esasen açıktan konuşulması pek yerinde değildir. Nereye ve nasıl gömülmek istenildiği mevzusu ise hiçbir zaman doğrudan sorulmaz. Hürmetten değil elbet; korkudan. Öldükten sonra ne olacağının belirsizliğinden, ölüm üzerine konuşmanın can sıkıcılığından. Eskiden çoğunlukla doğduğu yere gömülmek isteyenler, yaşlılıklarında fikir değiştirir oldu. Şimdi büyük şehre göç eden çocuklarına güçlük olmasın diye, oturdukları yere yakın, yolu kolay kabirler seçmeye başladılar. Ne bonkörlük ama..."

Bir kitapta okumuştum, başka bir ülkeye göç eden bir sülalenin en genci, en yaşlısının hastalanıp öleceği günü iple çekiyordu. Böylece o gence göre, içlerinden nihayet biri öldüğünde, sülalecek yeni yerleştikleri toprağa kök salacak, oraya ait olacaklardı. Belki doğacak çocukları, dedelerinin çiçeklendiği topraktan yiyip içecekti. "Bir insanı geldiği yerden, topraktan nasıl ayırabildin?" diyemedim! Yerde uzanmış Kristof'un yorulup durmasını beklerken, bunları düşündüm. Her şey durulunca, kapının önünde ayıldım. Oradan kovulmayı hiçbir zaman kabullenemedim. İnsan en sevdiğini yakarmış, o gün anlamasam da kısa süre sonra o köprüden düşerek, beni diri diri yakacaktı Kristof.

***

Memo, kül tablasında son sigarasını söndürdü. "Yine daldın gittin Canik, söyle neyi diyemedin?" deyince kendime gelmiştim. "Teşekkür, teşekkürler, diyemedim sana bir türlü!" diye lafı çevirip zoraki gülümsedim. Memo anlatmaya devam ediyordu, "Tamam rahmetli babam iyiydi hoştu, toprağı bol olsun... Ama ömrümün sonuna kadar babamın, sarı sığır otu alçısı, sazan balığı korsesi gibi siktir boktan şeylerini temin etmekle uğraşamazdım. Böylelikle yırtmış oldum, anlayacağın. Levazımcılıktan dünya şefliğine terfi he, fena mı?" diye tutup kolumdan beni masanın yanına çekiştirdi, kol bastı diye bir şey gösterdi, benim kolumu kaldıracak hâlim olmadığından, yarım avuç alkışlarmış gibi yaptım. Bu sırada geri geri gidip masaya dayandım.

Ayaklarını ileri geri çekerken aynı anda havaya sıçrayan Memo'ya bakıyordum. Az önce kederden boğulan hâlinden eser yoktu. Biraz da alkolün etkisiyle kendisinden geçmişti. Başına gelenlere nispet olsun diye mi, yoksa beni güldürmek için mi bu denli neşeyle sıçrıyordu, bilmiyorum. Bildiğim bir şey var ki, insan yaşadığı acıları unutmazsa, yok olurdu. Unuttuğum bir şey vardı. Yok olmamı engelleyen bir hatırlayamama hâlindeydim. Bir türlü hatırlayamadığım o şeyin içine kıstırılmıştım. Yavaş yavaş bir çözülme, bir uyanış gerçekleşiyordu. Bir an gözlerim karardı, olduğum yere sandalyeye oturdum. Memo hesabı ödemek için kasaya gitti. Yanımdaki sandalyeden bir ses işittim, sesin sahibi görünürde yoktu, söylediği şey aklımı delip geçti: *Irzına geçmeden, işini bitir.* Bu defa kolay lokma olmaya niyetim yoktu. Çakmak isteme bahanesiyle, elimde sıkmaktan pestili çıkmış kâğıdı yan masadaki Bulgar kadına verdim. Kimse fark etmedi. Kadın şaşkın haldeydi, ona asıldığımı sanmış olsa gerek ki arkamdan beni süzerek, durmadan gülümsedi.

Kollarıma, bacaklarıma, her nasılsa çeneme dahi oturan karabasanı kovup güç bela Memo'ya doğru ilerlerken, yanımda beliren sese kim olduğunu sormaya çalıştım. Ama nafile, korkudan tek kelime edemedim. Bu sırada Memo'nun bana seslenmesiyle kendime geldim. Memo, hafif çakır keyifliğime verip benimle dalga geçmeye başladı, kendi kendime neden kekelediğimi sordu. Ona cinlerimle konuştuğumu, buna alışsa iyi olacağını söyledim, epey güldü. Tuvaletin yanından geçerken içerde bir kadının baygın halde yattığını gördüğünü söyledi Memo. Garsonlar kadını apar topar yerden kaldırırken, içimde yine o gıdıklayıcı his belirdi. Kadın ayılmadan oradan çıkmam tamamen şans eseriydi. Bunun hesabını yapamayacak kadar kendimde değildim. Böylece iki aklı noksan, yarı taverna yarı lokanta olan bu küçük Yozgat'tan, Berlin'in kükürt kokan kış gecesine adımımızı attık.

9.

İnsan iki unutuş arasında yaşarmış. Bir yerden öyle duymuşum bir zaman, şimdi hatırlamıyorum. Ne çok şeyi aynı anda hatırlayamıyorum. Kendi kendime düşündüklerimin, doğruluğunun sağlamasını yapacak olan yine kendi zihnim. Ne tuhaf! Benim ilk unutuşum, kendime ilişkin. Kendimi unutunca geldiğim yer bir akıl hastanesi oldu işte, bir farkla tabii. Karşı taraftaydım. Doktorlara karşı kapatılanlar. Her neyse, ikincisi ise bütün yaptıklarımın en önemsizi, o küçük kızı unutmam... O şey benimmiş, yani öyleymiş. Onu nasıl öldürdüğümü hatırlamıyorum. Bilmiyorum, ben miydim? Kimse ne yaptığımı görmediyse, o ben değilimdir. Ben sadece gözlerimi kapadım. Hepsi bu. Ya gerçekten ben öldürdüysem onu, diye hatırlamak için an be an geriye gidip duruyorum. Unutma ırmağından geçen ruhlar, beni duyuyorsanız ses verin! Zamanda yolculuğum, zihnimin arka bahçelerine doğru derin, bir o kadar da karanlık. Ne olur bir ses verin! Tanrı eğer varsa, bir kez olsun bir işe yarasa, en azından unuttuğumu unuttursa!

Bugündeyim. Odada kimse yok. Gıcık, körpe asistan gitmiş. Ellerimi, ayaklarımı çözmüşler. Üşüyorum. Kuyruk sokumumdaki ağrı geziniyor, ayaklarıma inmiş. Kalksam kalkarım. Bağlarım çözülmüş. Ama hâlim yok. Yüzyıldır yatıyormuşum gibi bir ağırlık. O gecenin başı aklımda beliriyor. Ama bu cüce nasıl öldü, klinikte bilen var mı, kime sorsam! Hâlâ üşüyorum. Kar soğuğu odama doluyor. Dizime gelen çarşafı yukarı çekiştiriyorum, biraz olsun ısınabilmek için. Bir görüntü var aklımda, silik, şöyle bir şey; çocuk yanımda ölü yatıyor, uyanıyorum, başka kimse yok, bir cesetle suda oturuyorum. Küvetteki su duru, kirli köpükler dibe çökmüş. Ne olduğunu hâlâ hatırlayamıyorum. Sahnenin başını bulmak için o sabahtan önceki geceye dönüyorum.

***

Lokantada oturduğumuz süre boyunca kar tepeleme yağmış, yolun üstüne beyaz pikeler serpmişti. Adımlarımızla çiğnedikçe çıkan çatır çutur sesler, yerini çığlıklara bırakıyordu. Arkamı dönünce, yerde onlarca ezilmiş yatan el görüyordum. Oradan oraya kaçışan kırık eller. Ezdikçe kazanıyordum. Bu şekilde yürümek, daha çok bonus kazandırıyordu bana, ne kadar ezik el, o kadar çok yeni candı. Bir iki sendeledim, ayaklarım henüz yeni ısınıyor, parmaklarım yavaş yavaş kıpırdıyordu. Kar soğuğu burnumu, kulaklarımı, parmak uçlarımı iyiden iyiye ısırıyordu. Memo, kolumu tutup kendi kolunun arasına soktu. Üşümeyeyim diye ya da düşüp bir yerimi incitmeyeyim diye değil elbet. Niyetinin bozukluğunu anlamamak için katıksız enayi olmak gerekirdi. Bana karşılıksız kol kanat gerecek değildi ya ne istediğini ikimiz de iyi biliyorduk. Her an bana yaklaşmak için türlü bahaneler bulması midemi bulandırıyordu. Bunun bahane olduğunu bir süre daha anlamazlıktan geldim.

Bıraktım, hedefe doğru yaklaşsın, yaklaşsın ki ona tam iş üstündeyken gününü gösterebileyim. Hepsi aynıydı ne de olsa! Hepsinde bir babacanlık, bir cömertlik, bir iyilik meleği hâlleri, hepsinin sonu aynı sahte, yapmacık yatağa atma hilelerine ya da sinsice yaklaşma taktiklerine çıkıyordu. İstedikleri eninde sonunda aynı deliğe çıkıyordu. Bu sefer yağma yok, dedim kendi kendime. Karın üstünde, geçmiş ayak izlerine dolan oyuklarda kıpırtılar göründü birden. Kıpırdayan şeyler büyüdü, birer el şeklini aldı. Yerde başı boş gezen küçük eller. Oyukların içindeki elleri eze eze geçerken, çıkan kırılma seslerinden hiç etkilenmiyordum. Bilakis üzerlerine basmak için doğru çıkış anını bekliyordum. Memo, "İyice sarhoş olmuşsun Canik, bu gece seni ben bırakacağım evine" dedi. "O niye?" dedim, bir taraftan başına gelecekleri, hak ettiği için deli gibi seviniyordum. Sendeleyen adımlarımdan dolayı böyle dediğini söyledi. Demek o, kırılan elleri görmüyor, diye geçirdim içimden. O sırada son sürat bir bisikletli velet geçti bacaklarımın arasından. Nasıl öfkelendiysem, peşinden koşayım derken ayağım karda kayınca, gerisin geri kıçımın üstüne düştüm.

***

Kristof öldükten sonra, kendimi kaybetmiştim. Aylarca önüme ne geliyorsa sadece yiyip içtim. O öldükten üç ay sonraydı. Karnımda bir şeyin kıpırtısını hissettim. Bir gece nöbette Suzi'yi görme bahanesiyle dahiliye katına çıktım, ultrason cihazını karnıma tuttum, o kaçağı ilk gördüğümde, hesaplarıma göre tahmini yedi aylıktı. Ne bulantı ne baş dönmesi. Ayrılık acısı sandığım şeyden midem bulandı. Oracıkta işini bitirebilecekken, yapmadım. Onun yerine her gün bir başka plan yaptım. Birinde aşırı içecektim, alkol zehirlenmesinden düşecekti, ya kurtulursa dedim. Birinde steril bir telle içimi deşecektim, ya kurtulamazsam dedim. Birinde de bir kutu hap içecektim, ama ya intihar şüphesiyle işimden olursam dedim. Onu aldırtmak çoktan yasadışıydı. Birinden onu katletmesini rica etmek akıldışı, yardım dilemekse utançtan ölümdü. Tüm ihtimalleri böylece eledim.

O yer cücesini taşıdığımı daha başında öğrensem, kolu bacağı oluşmadan ondan daha çabuk kurtulabilirdim. Ne olmuş yani, sonradan öğrenince de kurtulabilirdim o zaman, diye kendi kendimi çürütüp hemen duymazdan geldim. Küçük bir canlıyı öldürmek mübahsa, tam insanlaşmadan önce henüz küçükken öldürmenin makul karşılanması gerektiğini düşündüm. Bu düşüncemi Suzi'yle paylaşmadım, deli olduğumu düşünmesinden korktuğum için değil, aksine, ters mantık yürütüp 'kürtaj cinayettir' görüşünü savunduğumu sanmasından, bu çocuğu sahipleneceğimi düşünmesinden korktuğum için...

Sorun şuydu, ben değil bir çocuk, kendime dahi bakabilecek hâlde değildim. Mümkün değil, diye düşündüm. Boğum boğum olmuş karnımı yokladım. Karnım yumuşacıktı, zaten kilolarıyla başı dertte olan birinin, içinde başka bir insan daha olduğunu anlamasının nasıl imkânsız olduğunu gördüm. Rahmime doğru inince bir sertlik geldi elime. Bunun popo mu kafa mı olduğunu anlamak güçtü. Kusup içimden çıkmasını dilemek artık imkânsızdı. Muhtemelen de beyni yüzde yirmi hasarlı doğacak bir çocuğu kim niye istesin ki, diye düşündüm. Sigaramı yakıp bir Riesling şarap açtım, telefonla konuşmak için buna ihtiyacım vardı. Kadehten bir yudum alınca ağzımın tadı bozuldu, hemen şişenin üstüne baktım. Yanlışlıkla yarı tatlı şarap aldığımı görünce öfkeden ayağımı duvara vurdum. Bir buçuk numara büyüyen ayağım incindi, olduğum yere çöküp telefona uzandım.

Şeri telefona cevap verene kadar, bu kadar beyin hasarını kabul edebilir herhalde, diye düşünüp insafa geldim. İki büklüm doğrulup beyaz şarap kadehinin yarısına soda ekledim. Birkaç gün içinde, karnımdaki şey dışarı çıkacaktı. Böyle böyle bir gece yatak odamda sancılarım başladı, onu tüm gücümle ittim. Gözümü açtığımda hastanede tebrikleri alıyordum. Şeri, "Nasıl olur, geçen hafta hamile değildin!" diye beynimi oyuyordu. "Sakladım. Kafam karışıktı" dedim, inandı. Onu ikna etmem uzun sürmedi. Hatta doğumdan bir hafta sonra, Şeri alışverişten eve döndüğünde, o şeyi evde tek başına, yatakta ağlamaktan sesi kısılmış, bitkin hâlde bulunca çok daha kolay ikna oldu. O bir hafta kâbusların en kötüsüydü. Gidince biter diye düşündüm. Ne var ki, esas kâbus sular durulunca başlayacakmış, sonradan gördüm. Ben istemediğimi söylemiştim, bir insan çocuk istemiyorsa, zorla mı?! Düşlerim, gece gündüz bu çocuktan kaçmakla geçti durdu. Kendimi yedim bitirdim. Şeri'nin bana yaptığı en büyük iyilikse, o cüceyi celladından yani benden ayırmaktı.

Suzi doğumdan sonra, Şeri gelene kadar yanımdaydı. Gerekli, gereksiz eşyalar listesi hazırlamış, ıvır zıvır, bok püsür ne kadar işe yaramaz minik eşya varsa elinde paketlerle bana gelmişti. Kendini birden fahri hala atamış olacak, beni içine düştüğüm o absürt durumdan kurtarmaya çalışıp duruyordu. Listedeki Dreirad'ı (üç tekerlekli pedalsız bisiklet) görünce çıldırdım. "Yeni doğan için getirdiğin listeye bak, bisiklet! Bisiklet ne ya?" "Çok biliyorsan kendin hazırla" deyince, "Bilmiyorum, istemiyorum ben çocuk falan" dedim. Bunun için geç kaldığımı söyledi Suzi, daha önce aklım neredeymiş. Bunu ona anlatamazdım. Daha önce o kaçağı yüz kez yok etmeyi düşündüğümü, yüz kez başarısız olduğumu duysa benimle bir daha konuşmazdı. Başarılı olsam, belki o da beni boğardı. Bu seri cinayeti Suzi'ye yıkma ihtimali pek inandırıcı gelmedi.

***

Memo'nun beni omuzlarımdan tutup sarsmasıyla yavaş yavaş kendime geldim. "Nerede o velet?" deyince, epey şaşırdı, "Bu saatte dışarıda çocuk ne gezer! Direğe dayalı bisiklete takıldın düştün ya Canik, düz yolda hem de!" Hiçbir şey hatırlayamayan biri için, bu gerçek düş sahnelerine çabuk adapte olmak daha kolaydı. *Kurtul şundan!* Tamamdım. Ama nasıl? diye düşündüm. Ses etmedi. Ana caddeden geçtik, yine koluma girdi, sınıf atlamış gibi sırıtıyordu. Kurfürsten'in orospularının dikildiği köşeden geçiyorduk, içlerinden biri Memo'ya laf attı. Memo elini kolumdan çekip aletini düzeltti. Suratına kusmamak için zor tutuyordum kendimi. "Bunları da mı tanıyorsun?" diye sordum. "Arkadaşın taksisine çıktığım zamanlardan olanları evet" dedi. "Ne piçsin" deyince, Memo sinirlendi, "Çocuklarla yatmam ben, ağır ol Canik efendi" deyiverdi. *Sapık, bu da sapık! Yakayı ele verdi sübyancı sapık!* Orospulardan biri on üç bilemedin on beş yaşındaydı, çantasından şu popstar şişko bebeklerin olduğu bir çizgi roman sarkıyordu. Yolun ortasındaki şeritte bir ağaca dayanmış durmadan esniyordu. Kızı kurtaran kimse yok, bu dünya seyretmek için kurulmuştu, harekete geçen kimse yoktu. Kaderine boyun eğecek, birkaç yıl sonra piçini doğurup sokağa atacak, belki de kendi başına gelen gibi onu sübyancı tacirlere satacaktı. Satılmış orospuluk kalıtsal bir hastalıktan farksız. Sokak köpekleri gibi, bunlar da anca toplu kısırlaştırılırsa orospuluğun soyu tükenebilirdi, kendi kendime bunlara her şey müstahak diye söylenerek, haklı nedenler ürettim oradan geçerken.

Memo, kolumdan çekip yolun karşısındaki telefon kulübesi gibi bir yerin önüne götürdü, "Sana bir sürprizim var, çok eğleneceğiz" deyip kabine soktu beni. Elini kotunun arkasına götürdü, prezervatif çıkaracağını adım gibi biliyordum. Öyle olmadı. Cüzdanından alelacele çıkardığı banka kartını, kabinin yan duvarında duran ekrana okutup 90'lardan bir pop şarkısı seçti, "I like to move it move it" deyip bana sürtünmeye başladı. Gözüm kararmıştı bir kere. Onu var gücümle ittirip dudaklarıma yapışmadan kabinden nasıl çıkmayı başardığıma şaşırdım. Ellerim ayaklarım benden bağımsız sallanıp koşuyorlardı. Beynime söz geçiremeseydim, başıma gelenlerden dona kalır, katiyen kıpırdayamazdım. Memo, kabinden dışarı çıkmak için kapıyı eliyle açtığında, bağımsızlığını ilan eden ayaklarım son bir hamleyle kapıyı geri itti. Memo'nun kapı arasında kalan parmakları ezildi. Tüm caddeyi dolduran bir çığlık duyuldu. Bense çoktan koşmaya başlamıştım. Kaymamak için oldukça çaba sarf ederek ilerliyordum.

Arkamdan geliyordu. Dönüp çantamla bir iki kez kafasına vurdum, sendeledi ama yere düşmedi. O sırada beklenmedik bir şey oldu, koşarken biri havaya kalkan kolumdan tutup beni kenara çekti. Bu lokantadaki Bulgar kadındı. Yanında yüzünü ilk defa gördüğüm iri kıyım biri daha vardı. Memo'nun ilk bıçak darbesiyle yere düştüğünü görür görmez oradan sıvıştım. Notta yazan yardım çığlığımı ciddiye alan birilerinin, hayatta olduğumu onaylaması demekti bu. Ne var ki, Memo'nun nihayet dersini almış olduğunu görmek, beni ölesiye sevindirdi. Bulgar kadın bana musallat olmadan yan sokağa saptım. Devriye dolanan bir taksi görüp önüne atladım, apar topar oradan uzaklaştım. Eve gidip her şeyi yeniden unutmak istedim. Yolda taksicinin açık adresimi anlamaması için, evime en yakın U-bahn (metro) durağında indim.

***

Sabah gördüğüm, kazağı göbeğini örtmeyen yaşlı adam, hâlâ aynı pozisyonda, aynı bankta başı soluna devrilmiş halde oturuyordu. Gözleri kapalıydı, nefes alamayacak kadar hareketsiz duruyordu. "İşte bu" dedim, "İnsanın yaşamama özgürlüğüne saygı duyacak kadar açık bir toplum, öyleyse her şey bizim özgürlüğümüz için feda olabilmeli." Oturduğum, yüz beş yıllık, iki savaş görmüş ama yıkılmamış binaya doğru yürürken, dışarıdan oturma odamın ışığının açık olduğunu gör-

169

düm. Gece gece düş görüyorum herhalde, dedim. Ertesi gün gidecek bir yerim, bir işim yoktu, yapacak bir şeyim, bekleyen kimsem yoktu, olsaydı bu daha büyük bir sorun olurdu. Birkaç yıl işsizlik maaşıyla geçinirdim. Daha uzun yaşamak fazlalık olurdu. Belki daha erken biterdi işim. Rol yapmadan, kimseye minnet duymadan, kimseye hoş görünmeye çalışmadan kendi köşemde bir süre oturup tüm saçmalıklardan çekilmek. Tıpkı annemin ya da Kristof'un yaptığı gibi çekilmek... Güvenebilecek kimsem yoktu, en tehlikelisiyse aynalardı. Kimsenin sızısını çekemem artık, diye kendi kendime yalnızlığı telkin ederek merdivenlerden yukarı çıktım.

Hasta bakıcı zorla bir hap daha içirdi. Memo'dan ayrıldığım o gecenin görüntüsü zihnimde ilk kez canlanıyor şimdi. Aralıksız, soluksuz, şok içinde bir hatırlayış. Her anı adım adım yeni baştan yaşıyorum. Hatırlamak bedenimi yoruyor. Ellerim, kollarım serbest oysa, ama hayır görünmeyen o bağlar var. Yataktan dışarı hareket edemiyorum. Klinikte kapatıldığım bu odada kendimle baş başa, boktan bir kavgada, boşuna çırpınıyorum. Uzuvlarımı değil de şu kafamın içini uyuştursalar iş çözülecek. Ya da bana bıraksalar halledeceğim kendi işimi. Uyanıp uyanıp sahnelerin devamını görüyorum. Onun boğulduğu sahne bir şimşek olup beliriyor zihnimde. Hatırlıyorum. Hayır, ben yapmadım. Sadece suyu açtım, su yaptı, su...

Zihnimdeki sahnenin başındayım. O gecenin sonunu, metro durağında taksiden inip eve yürüdükten sonra kaldığım yerden yeniden yaşıyor gibiyim, görüntü öyle net ki duvara düşen perdede seyrediyorum kendi filmimi. Üşümem artıyor, titredikçe titriyorum şimdi.

Evin ışığı açıktı, kalbimin neden yerinden çıkacak gibi attığını bilmeden apartmanda yukarı kata çıkıyordum. Evime değil mezara gider gibi. Kapı kilitli değildi, anahtarı deliğe henüz oturtmuş kurcalarken, içeriden açıldı. Karşımda Şeri duruyordu. Kucağında kâbuslarımın baş kahramanı o çocuk, şaşkın şaşkın bana bakıyordu. "Nihayet geldin Naime" dedi Şeri. "Ne işin var burada?" dedim. Çocuk ben konuşunca yüksek sesle ağlamaya başladı. Artık bakamayacağını söylüyordu Şeri, "Yaşlandığımdan değil" dedi. "Hastalığım nüksetti yine, kemoterapiye alacaklar pazartesi." Yalanın da kuyruklusunu bulmuş, dedim içimden. Kucağında gördüğüm şey, kıvrılan bir yılana dönüştü, sokmasından korktum. "İki buçuk yıl baktım. Senin bu! Bir bak, gözleriniz aynı. Naime, insan kendi yavrusunu sevmez mi hiç?" diye sordu. Bir şey demedim.

Sabah erkenden elime içi zıbın dolu bir çanta ve kâğıt tutuşturdu Şeri. "Ben hastaneden dönene kadar hiç olmazsa idare et" dedi. Kâğıttaki listede sevdiği yiyecekler, alerjisi olan maddeler, bilumum çocuk eğleyici içerikler yazılıydı. Zorunlu bir baş hareketiyle o şeye baktım. Yürüyor, tek tük kelimelerle de konuşuyordu çocuk. Bezi çıkmış, uyuduğunda arada bir altına işermiş. Bense hiçbir şey söylemiyordum. Yahut konuştuysam da hatırlamıyorum. Sadece özgür olmak istedim, bu suç olamaz. İnsanların kimsesizlikten ölme hakları olduğu kadar, sonsuz yalnız yaşama hakları da olmalıydı. Şeri gidince küveti doldurdum. Tek bildiğim bu. Suyla arınmak, tüm bu kâbustan sudan çıkar gibi uyanmak istedim. Uyandığımda çocuk yanımdaydı, kıpırdamıyordu. Hiç olmasaydı bu saçmalık da yaşanmayacaktı. Ruhu buhar olup uçmuştu. İçimdeki çocuk çoktan ölmüştü. Burada yatan kimdi, bilmiyordum. Bedenin hiçbir zaman buharlaşamayacağını düşündüm. Cesetler ancak küle dönüşür, diye ekledim.

Çivilendiğim yataktan göğe yükselecektim o an. O hatırlama anında tüm hissettiğim, üzerime çöken karabasanla birlikte uçacak hafifliğe erişmek hissiydi. Gökteki herhangi bir buluta karışıp buharlaşabilirdim şimdi. Tüm yüklerim kalktı. Hafiflik içime sıradan bir haz oturttu. Hayır, onu ben öldürmedim. Hepsi sudan.